踏上旅程吧，收集從天而降的點點微光

KAKUTA MITSUYO
角田光代

葉韋利 譯

導讀

角田光代：日本女性的陪跑教練

新井一二三

即使生活在同一個國家社會，不同世代始終屬於不同文化。一九六七年在東京郊外橫濱市出生的角田光代，從早稻田大學文學系畢業的一九八九年，恰好是日本經濟空前繁榮的「泡沫經濟」時期。當年初出道的她，身為還在奮鬥中的新人作家，並未真正嘗到「泡沫經濟」的甜頭。儘管如此，看來還是深受「泡沫文化」的影響。否則，經濟不太寬裕的二十幾歲到三十出頭，怎會想到年復一年背上背包去東南亞等地旅遊好幾個星期？不外是學校畢業後當了上班族的同學，經濟上有條件去歐美等地觀光、吃美食、購買名牌包，叫埋頭苦幹的文藝女青年覺得：即使去不成歐洲也該去鄰近國家走走，好在自由工作者有的是時間。

其實，那樣的背包行讓她的眼界和思想比別人開闊，為日後寫小說累積很多素材。只是，從後生的「寬鬆世代」日本人看來，恐怕不太能理解：怎麼手頭上的錢不多，還要特地去國外背包行吃苦？留在家中不更舒服嗎？於是閱讀角田光代的這本旅行散文集，跟她同世代的日本讀者會有強烈的認同感，年輕一代讀者反而會感到一點距離。幸好，對旅遊文學來說，距離也會是優勢，無論是地理或感覺上的距離。另外，年輕時常往發展中國家跑的經驗，使她能接下到印度、巴基斯坦、非洲等地寫社會報導文學的工作。

早稻田大學歷來作家輩出：村上春樹、五木寬之、栗本薰、恩田陸、小川洋子、絲山秋子、重松清、朝井遼等比比皆是。跟學長姐的文學經歷相比，角田光代走來的路應該說不太順暢。

一九九〇年以《尋找幸福的遊戲》贏得海燕文學獎後，她從九三年到二〇〇〇年，被芥川龍之介獎和三島由紀夫獎共提名六次，卻都沒有獲獎。芥川獎和三島獎是日本最有地位的兩個純文學獎；角田的筆力顯然足以被提名，但未能得獎。那是從她二十六歲到三十三歲，隻身背包走東南亞的時期。然後，她好像刻意改變了文風，寫少年小說《學校的藍天》（学校の青空），以《我是你哥哥》（ぼくはきみのおにいさん）獲得坪井讓治文學獎；而後，又寫起以都會女性為主角的小說，以《空中庭園》獲得婦人公論文藝獎；二〇〇五年，三十八歲時，終於以《對岸的她》（対岸の彼女）贏得直木三十五獎，即日本最有地位的娛樂小說獎。至今十餘年，她不停發表小說，也常在雜誌上寫寫紀行、食記。

在日本新舊書市場，她著作共有四百五十七種之多。這些年，她不僅獲得一個又一個文學獎，如今更成為山本周五郎獎、川端康成獎、松本清張獎等的選考委員。

角田光代常提到自己小時身體虛弱，別人能做的事情往往做不到。但是，成年後，她離家獨立生活，練拳擊又開始跑步，勇敢面對來自人生和世界的挑戰，無論如何也不肯放棄從小的志願：當上小說家。在今天的日本社會，不論男女畢業後都得出社會工作，而為了承擔工作上的責任，大家都需要堅強。在這個時代環境裡，文學家以及文學作品，一方面要為讀者提供奮鬥的目標，同時也要鼓勵搞不好會落後的朋友們。經過多年的努力和堅持，最後成為名作家的角田光代，是一身能兼顧兩務的難得人才。

最後補充一點。角田光代也體現著新一代日本女性的生活和思想。大學時期起她就和男友同居，也前後有過兩任丈夫，但是沒有生育，貓兒當然要養的。也許是選擇，也許是偶然。反正，社會上有很多類似的女性，該說是時代環境必然導致。不過，在她們身上，時間一樣要過去；例如她雙親都已往生。對不少讀者來說，角田光代的存在猶如人生這項馬拉松比賽的陪跑教練。她那曾經虛弱後來堅強的形象，因而有了加倍的鼓勵作用。

（本文作者爲日本作家，明治大學教授）

第一章

第二章

第三章

第四章

前言

踏上旅程吧，從天而降堆積的微光

我到處寫著跟旅行有關的文章，大家都認為我很愛旅行。事實上，過去有比較多自由的時間，我一年會隻身出國三次；就連現在雖然沒什麼空閒，我仍持續接一些跟旅行有關的工作，每年還是會出國兩次，外加三、四趟國內旅遊。看到這麼頻繁的次數，所有人都會覺得我很愛旅行吧。

但我有個疑惑。我真的喜歡旅行嗎？的確，出門前常覺得開心，但一旦踏出門，就是接連不斷的麻煩。尤其像我這種非比尋常的路癡，就算在國內也會迷路，有時乾脆放棄原本的目的地。何況到了國外，就連買張車票、在餐廳如何點菜都搞不清楚，不知所措，提心吊膽怕當冤大頭，相較之下，傷腦筋的狀況遠遠超過「好開心！」。

此外，旅行很累人。就算是一趟目的為消除疲勞的溫泉旅行，泡溫泉泡得頭昏腦脹，加上暴飲暴食，回程就已精疲力竭。到南方小島的觀光勝地，充分享受各種按摩SPA，再長途跋涉回到家也是累癱。聽說現今年輕人愈來愈不愛出國旅行，我能理解。因為對這些生下來就身處萬事方便的年輕世代而言，會覺得何苦要把自己搞得這麼辛苦又疲憊呢？

旅行，就是這麼麻煩，這麼折騰。

然而，不知為何，我還是會期待著旅行。接下來何時能休假？配合假期長短，有哪些適合的目的地？那裡有些什麼？住著什麼樣的人？他們如何度日？會有哪些料理？能喝到什麼樣的酒？會碰到什麼令人雀躍的新鮮事？旅行是件麻煩又折騰人的事，我比誰都清楚，卻仍陶醉於此般夢想中。

為何如此呢？我想，應該是以往的旅行經驗，經常在踏上旅程不久後，就讓我體會到，唯有旅行才能獲得的美好。

這些美好體驗，我猜對其他人來說一定毫無價值。像是爬滿住宅圍牆的九重葛、在陰涼處呼呼大睡的小狗、小餐館大嬸和藹的笑容、為路癡我指點迷津的善心人士的高大背影……只是擦身而過的路人，展現的笑顏跟體貼，美味的食物跟迷人的香氣，那些宛如靜止的光景，在我旅行過程中就這樣一幕幕流過，看過。然而，在旅程結束後，會發現，那些點滴化為閃爍的光芒，落在自己內心深處，慢慢累積。一路上的艱辛、疲憊，終將在回到日常後煙消雲散；在陌生土地上累積的點滴微光，卻會隨著時間益發閃亮。我倒不認為這會使人成長，或豐富心智，其實它只是靜靜地落在內心，堆積。然而，一旦曾體會過這種感覺，就算再麻煩，明知多辛苦，清楚一切終究徒勞，還是說什麼都會再次踏上旅程。

旅行，就是一場失心瘋。

說穿了，我已在不知不覺成了點點微光的收藏者。

第一章

「我好喜歡旅程中品嘗異地飲食。」

旅行與日常的金錢觀

有句話說，便宜沒好貨。母親很相信這句話，每當我買了什麼便宜貨而挫敗，她總一副得意洋洋：「我不是早就說過，便宜沒好貨！」話說回來，十幾、二十幾歲時身上沒什麼錢，雖然想過要是有多點錢就能買貴一點的好東西，但就是沒錢。在這種想法下，買的總是洗了幾次就發皺的衣服、乍看時尚卻沒什麼用處的廚房用品，以及先求有再說的家具。

我常想，無論是衣服、家具或食材，價格愈高的愈有品質保證嗎？其實也未必吧。不過，基本上一定沒有那種價錢便宜到不像話，卻保證品質優良的東西。這算是我多年來的親身體驗。「以這個品質來說，價錢比想像中便宜」的確有，還有一種是「就這個價錢來說，東西還可以」。不過，低價高品質？我認為沒這種東西。

因此，平常購物時我會注意別買太便宜的東西，提醒自己別浪費錢。過了三十五歲後，我更因以往的屢屢失敗，再也不相信所謂的「推薦商品」或「物超所值」這些文宣，就算看到也不會有太大反應。我當然不可能去買貴到不像話的高檔貨，卻也沒必要一看到便宜貨就失心瘋。

我想，如果母親還在世，應該不會又一臉不耐煩地對我說：「看吧，就跟你說便宜沒好貨！」

然而。

有時，過去旅行的感覺會來擾亂我。那就是旅行的金錢觀。

我獨自旅行已有十八年，其中約十年都是窮遊路線。倒不是住宿一定選多人一間的民宿、每天只花一百日圓、移動全靠搭便車……只不過不會每天暢飲啤酒，或是非選擇附衛浴的套房住。但是，客觀來說，當年的旅行真的很寒酸。住宿費一晚不到千圓，三餐吃路邊攤，移動都搭長途巴士，每晚睡前都要計算當天花掉的金額，錙銖必較剩餘的財產。

可怕的是這種事我居然反覆做了十年，好像已融入這種思考模式。直到過了三十五，才忽然驚覺，「不必老是找一晚一千圓以下的住宿地點吧！」「不需要每天提心吊膽計算剩下多少錢！」然而，出外旅遊時克勤克儉已經化為我身體的一部分。住了兩晚星級飯店後，接下來就會想找間沒有星星的旅館；走進餐廳時會下意識看看門口菜單上的標價，搭計程車會惶惶不安，好像幹了什麼壞事。

兩年前，我到墨西哥旅行時，在一個鄉下小鎮，萬分煩惱到底要住五星級飯店還是民宿。

在那裡只有這麼極端的兩個選項。結果，我挑了民宿，但晚上在窗戶怎麼關也關不緊的浴室，看著不斷飛進來的小蟲，覺得煩死了。一邊生著悶氣，同時覺得自己莫名其妙，「我到底有什麼毛病……」。活到快四十歲還在住民宿的我，到底有什麼毛病……我待在小蟲飛來飛去的簡陋房間，打從心底思索，只能二選一的狀態下，人會自然而然朝向自己慣選的那一方吧。當然……我又想到那句話——「便宜沒好貨」。

直到現在，每次旅行這種窮酸的劣根性就會（下意識）展露無遺，但傷腦筋的是這種狀況偶爾還會出現在日常生活。買了一堆五百圓的蠶豆，卻忍不住認真煩惱，「五百塊會不會太貴？說不定下星期就跌到四百了。」有時決定豁出去買高檔肉煮壽喜燒，又不免心頭一驚，「買一百公克兩千的肉會不會太奢侈？」想搭計程車時立刻想到，「不對！搭電車的話車資只要三分之一。」但同時又發現只因為便宜而買的毛衣，沒穿幾次就起滿毛球，不由得暗道：「便宜沒好貨……」

不是因為節省，純粹是因為習慣。就像不知不覺選擇民宿一樣。

如果我從二十幾歲起，十年來只歷經奢華的旅行，我想此刻我的金錢觀一定會變得不一樣。

旅行就是旅行，不過只是旅行，竟然會讓自己就此染上這般習性，而且偏偏還是窮酸的劣根性，想來有點悲哀。

貶抑還是讚美

很多人以為我崇尚一個人旅行，其實沒這回事，我最喜歡幾個人同行到處探訪的旅行。自己什麼都不必做，更重要的是不需擔心迷路。就像跟著家人旅行，只要傻傻地跟著大家走，哪有什麼比這樣更輕鬆愉快的？

偶爾我會遇到有人以跟我完全不同的方式，來與旅遊目的地拉近距離，通常讓我很驚訝。但要是自己旅行，就不太有這種意外。

例如，有人會用「貶抑」的方式試圖親近一個地方。

在初次造訪之處，看著初次見到的景致，「無聊死了，沒什麼值得看的景點吧？」這種人會這樣說。在餐廳初次品嘗當地餐點時，「哇，整趟行程都要吃這種東西嗎？這個國家沒其他好吃的？」這種人會這樣說。

搭上擁擠的公車或火車時，「感覺有股臭味。」走在路上時，「怎麼會這麼熱啊？」一坐上計程車，「這個司機看起來會坑人！」走在蒼蠅飛舞的市場，「哎喲，好髒。」看著路邊攤端上桌的菜，「一看就覺得吃了會拉肚子。」這種人會這樣說。

第一次遇到這種人，我心想，這個人跟這裡真的很不合，雖說是為了工作，但來到這種地方還真可憐。接下來又滿是聽到負面批評，連我也感覺愈來愈悲慘，覺得必須跟這個人一起旅行真是難受。

我幾乎都是跟陌生人一起外出採訪、旅行，偶爾遇過幾次這種人。但看過幾次類似狀況後，我突然發現這些人並不是跟當地合不來，而是試著喜歡。我察覺到，他們想用貶抑的方式來更接近這個地方。

有人面對他人也是這種態度。講得最簡單易懂，就是會貶抑自己的太太或伴侶等身邊親近的人。嘴上說著「這傢伙笨死了」，臉上卻露出幸福的笑容。這類人似乎用能貶抑對方的程度來代表彼此親近的關係，端視能貶抑的程度來衡量從「認識的人」變成「友人」。「欸，你變胖了！」或「你看起來老啦！」有些人就是這樣，笑咪咪、口無遮攔，肆無忌憚拍著對方的背。面對陌生的城市，也是這副態度。

另一方面，無論對待他人或地方，我都屬於完全相反的類型。我老是提心吊膽，深怕自己稍微貶抑了一句，那個人或地方會討厭我。因此，吃到不太好吃的食物，我也不會說難吃；看到沒什麼感覺的風景，也不管三七二十一先感嘆一聲「哇！」。對於想親近的人就一股腦讚不絕口，想要多認識的地方也誇個不停。我心想，只要一直表現出自己有多喜歡，對方應該也會一樣喜歡我。

兩種類型沒有對與錯，只是每個人個性不同。我相信不會因為貶抑或讚美的態度而影響對方親近的意願，那純粹只是每個人的手法跟性格。我曾看過不斷大刺刺地貶抑，最後跟當地導遊變得很熟的人；也見過一路上罵不停，到最後，整趟旅程沒留下半點印象深刻的記憶。

唯有一件事，我怎麼也做不來。那就是到某處故意點一道公認很可怕的食物，再大肆批評，樂在其中。我實在辦不到，不只做不出來，也很納悶為何有人要做這種事。

倒不是因為在道德上認為說當地人的食物「好噁心」很失禮，而是我本身對於食物的喜好很偏激，就連在日常生活的東京，我也不想吃些怪東西。在串烤店裡，店員推薦烤麻雀，我也一不接受，目前為止也不敢生吃蜂巢。當然不可能只因出外旅遊，就吃什麼蟲啊蛇的。不過，一些有勇氣的「貶抑派」就會刻意點這些東西，皺著眉頭擺出噁心的表情吃給大家看，再大喊「難吃死啦！」「太誇張了！」，看著這些人貶抑當地日常飲食的模樣，心情自然不會太好，但面對這類以親身體驗試圖親近當地的「貶抑派」，仍不免有些羨慕。

祭典上的熱血澎湃與愛戀

一提到祭典，就會熱血澎湃。熱血澎湃，這四個字實在太貼切，我甚至想感謝有這種形容方式。突然聽到工作室窗外傳來稱為「祭囃子」的祭典樂曲，以及太鼓聲，加上抬轎眾人「嘿咻、嘿咻」的吆喝聲愈來愈近，我就忍不住雀躍。立刻停下工作，敞開窗戶，緊盯著從樓下經過的神轎隊伍。

我的住家附近有幾間神社，每逢祭典的時期，商店街就會貼上告示，通知大家某個大祭典是幾月幾日，正式祭典前一晚的「宵宮祭」是何時，「當日祭」又是什麼時候，與供奉相關的種種事項，以及攤位的營業時間從幾點到幾點等大小事。我一看到那張告示，一定會在當天前往神社。看著排滿神社內的攤位，熱血再次澎湃。明明吃不下那麼多，而且明知不怎麼好吃，還是忍不住看著販賣烤雞肉串、炒麵、章魚燒、大阪燒……等攤位，一邊盤算待會要從哪一攤吃起。

話說回來，自己竟然這麼喜歡祭典，我也覺得很奇妙。畢竟在我成長過程中跟祭典沒有特別淵源。我生長的地方沒有當地祭典，童年時期也沒穿過短褂加入抬轎行列。如果是個從小到大每年固定穿著短褂參加祭典的人，熱血澎湃也理所當然，但我完全沒有這類記憶，卻仍舊熱血澎湃，恐怕這只能用日本人的DNA才能解釋。

不對！會對祭典熱血澎湃的不限日本人，而且我也不只對日本的祭典熱血澎湃。

我這個人做事缺乏計畫性，無法配合各地祭典的時間旅遊。因此如果到了一個地方，剛好碰上祭典，就覺得非常幸運。

我繞道泰國的廊開（Nong khai）進入寮國永珍（Vientiane）當天，剛好遇上祭典。午後，湄公河岸的路邊攤陸續生起火，陳列商品，河上還舉辦划船賽。沿岸的餐廳跟咖啡廳擠滿觀眾，人潮滿溢。到了傍晚，路邊攤的燈亮起，人群更多。根本搞不清楚是什麼祭典，但連當天才剛抵達的我也跟著興奮起來。後來我才知道，那天是「解夏節」，慶祝修行僧人禪修結束回到塵世。然而，當地就跟日本一模一樣，祭典背後代表的意義不怎麼重要，人們看起來只是在熱血澎湃下到處閒晃。

一整排的攤位，從烤肉串之類到蒸年糕的鹹食區，類似刨冰的甜點區，外加射飛鏢、套圈圈，跟日本差不多。另外，帶著喜悅表情走在路上的人，跟逛著神社祭典的日本人更是一模一樣。寮國人跟隔壁的泰國人相比靦腆許多，通常眼神一交會，他們就會立刻別過頭，即使主動交談，多半也不會回答，唯獨在此祭典之夜，人人對隻身閒晃的觀光客面帶笑容。

令人驚訝的是，竟然還有摩托車特技表演的攤位！沿著河岸放置大得不像話的圓桶，圓桶邊架著梯子。一群人付了錢給顧攤者，就爬上梯子，觀賞裡頭的表演。我也付了錢爬上去看看。實在太驚人了。

裡頭是馬戲團表演，而且是在球狀鐵絲網內橫衝直撞的摩托車特技。在圓桶內側奔馳的摩托車，不時逼近到眼前，魄力十足。竟然有摩托車特技表演攤位，雖說跟日本類似，畢竟還是異國的祭典。

岸邊有人賣燈籠，眾人都買來放水流，我也跟著買了。跟著當地人有樣學樣，把燈籠放進河裡。這也令我情緒激動。

此外，日本的祭典夜晚，照例一定會有扭捏的國中生。男、女生分開，三兩成群，始終若即若離，就算偶爾互相逗弄一下，也絕不會整群人一起逛。所有人都顯得羞赧、不自然。我猜那是幾個小學曾同校的同學，想進一步互動卻又因為自我意識作祟。不過，既然是祭典，每個人似乎都有所期待，無法鼓起勇氣個別行動，卻又無法乾脆打道回府。這樣的年輕男女，同樣出現在寮國祭典，讓我有一點點感慨。祭典，果然也會鼓動這股淡淡的愛戀啊。這麼說來，過去祭典在很多地方都扮演聯誼的角色。熱血澎湃或許跟湧現戀愛的情緒差不多。

用腳底旅行

仔細想想，其實每天的生活都是到處走。好比，昨天經過新宿到神宮前一家從未去過的店，就靠地圖摸索；今天也是，待會兒又得依靠地圖到世田谷區。週末則有事要前往熱海一趟。

就連我從事這麼單調的工作，也不免終日外出移動。搭乘電車或計程車，朝向位於熟悉的城市裡不熟悉的街道，那個初次造訪的地方。

然而，平常我對這種事並不特別感慨，因為我這個路癡多半會迷路。時間還早，當天天氣又好的話，迷路倒不以為苦；但如果天氣過冷或過熱，眼看約定的時間快來不及，就會開始惱怒很多事。氣店家開在太難找的地方，氣約在那裡的朋友，氣怎麼都找不到路的自己，氣天氣太冷、太熱，什麼都令人生氣。只是那股怒氣會在順利抵達後，宛如快煮壺冒出的蒸氣，瞬間消散。

這種狀況下，陌生的巷弄、初次造訪的店家，以及搭電車前往的遠方城市，算不算是日常生活的一環呢？

走出自家大門，在熟悉的道路上一直往前走，對「日常的分界」會出乎意外地清晰；就像拉起結界，從某條界線外就成了非日常的區域。換句話說，在此範圍內是經常去的地方，再往前就是沒去過，或很少前往的區域。繼續往前走的話，似乎有些不安。實際上明明沒這回事，卻覺得氣氛略微不同。當然，這樣的不安跟身在語言完全不通的異國不同，但對於繼續前進抱著一絲隱憂，這點跟旅行時非常類似。

搭乘電車或汽車比較不易感覺到，但光靠雙腳移動時，其實能清楚感受到日常與非日常的分界在哪裡。經常聽人說，動物有領域性，我想人類原本想必也有固定的行動範圍吧。我一廂情願地解釋，以步行方式，也就是跟其他動物有著相同的基本動作時，就能感受到領域性。

因此，如果從出家門一直往澀谷區、港區、世田谷區等不熟悉的巷弄走去，就算迷路也不需動怒，就像旅程中，能體會到夾雜著緊張、雀躍，又有些茫然的情緒。

柏林的街道同時存在舊時的東西德，徒步就能穿梭兩者之間。當然，我區區一名觀光客，根本搞不清楚東西德，就連柏林圍牆也沒親眼看過，對歷史也一知半解，但在路上走著，還是會突然覺得，啊！氣氛有一絲不同！感覺這一帶是西邊或東邊。之後跟住在柏林當地的朋友一起走，對方告訴我，這裡之前就是柏林圍牆，這邊是前東德……果然，邊聽邊忍不住猛點頭。

這裡原本應該只是單純的空間，實際上也不該被人分割。話說回來，在柏林圍牆已經消失的此刻，差異應該也消失無蹤，但奇妙的是，我在現場發現到，一個地方好像會吸收時間。在某個地點劃下分界，分隔的兩地長期反覆經歷不同的時間、城市、景色、生活後，那道界線就開始發揮功能，跟界線之外的區域出現差異。人類在本能上會感受到差異，這是跟動物截然不同的感受。

我經常會步行很長一段距離，有時定好目的地，有時則漫無目的。搭電車能五分鐘抵達，我花上將近一小時慢慢走。在走出生活圈時，果然都有些遲疑，難免能感到氣氛的些微差異。但我依舊前進。即使氣氛不同，那裡也有日常。有商店，有購物的顧客，有行駛的汽車，有來往的自行車。在陌生街道持續走了一段時間，氣氛又會突然轉變。街道的名稱不一樣了，區名也不同。走在街上的人們，臉上的表情、行進的節奏、就連服裝感覺都變了。真有意思。

沒時間走路時，搭公車也可以。搭公車會比搭電車稍微接近徒步的感覺。把頭靠在車窗邊，會發現街景不斷改變。學生很多的街區、路上多半是一家人的街區、多數是老人家的街區、沒什麼人的街區……各有不同。就連首次造訪的地方，當快到車站時也會察覺，因為氣氛突然變得熱鬧嘈雜。

火車、船舶、飛機，讓我們能輕鬆抵達遠方，所以對這些事也不覺奇怪。正因為如此，有時才要動動雙腳走遠一點，用嗅覺、觸覺以及第六感，在跨出熟悉的領域後體驗旅行的感覺。

全球餃子之旅

三月底到四月中這段時間，我完成了一趟從海參崴橫越到巴黎的旅程。原則上交通工具以巴士跟火車為主，期間也搭了兩趟飛機；經過十個國家，實際落地進入的國家則是八個。我經常旅行，但還是初次嘗試這種以移動為目的的旅程。

因為是第一次，遇上很多令人吃驚的事，其中之一就是餃子。

從海參崴到伊爾庫茨克（Irkutsk），走的是西伯利亞鐵路，但無論在海參崴、伊爾庫茨克或火車上，完全無法以英文溝通。因為看不懂菜單，我多半都吃常在店裡看到的「Pelmeni」。這是俄羅斯版的餃子，在餃子皮裡包羊肉，煮成湯餃再加入酸奶。無論在哪家店吃，味道都不會太差，這一點令人欣慰。

從俄羅斯穿過波羅的海三小國，無論在愛沙尼亞、拉脫維亞，或繼續前進到波蘭，都有這種餃子。有做湯的、乾的、沒加酸奶的版本，或用比餃子厚的皮做成類似小肉包，各式各樣。

與其說絕不會踩到地雷，大概也因為吃慣了餃子，到哪裡都覺得好吃，只要看到英文菜單上有類似的菜色，就會點。

就這樣，我突然覺得好奇妙。餃子究竟是怎麼在各地分布的呢？

我在中國沒看過煎餃，水餃倒是到處都有。尼泊爾有「mog mog」這種羊肉水餃，蒙古的水餃叫「pianxi」。韓國的「mandu」，有做成煎餃也有做成水餃。再走到越南，會變得比較接近春捲而不再是餃子。用米皮製作的清蒸春捲、生春捲、炸春捲等。在泰國、馬來西亞、新加坡等地，我沒看過當地的餃子，但到處都看得到由華僑經營的正統中餐廳。

我沒去過土耳其，但聽說也有類似韓國「mandu」的食物。義大利的小方餃「ravioli」雖然也像餃子，但整體感覺不太相同。

如果餃子一開始在某地出現，然後拓展到全世界的話，為什麼在一些地方沒有扎根呢？而扎根跟沒扎根的地方，差別又在哪裡？還是說，全世界只是在同一時期，有很多地方碰巧都出現當地的餃子？

有的地方有煎餃，有些地方卻只有蒸餃或水餃。差別在哪裡？

話說回來，中國沒有煎餃嗎？餃子用煎的很好吃呀，不是所有好吃的東西中國都會做的嗎？當然，如果想真正鑽研餃子，我想已經有很多從歷史、風俗、國際關係等各個角度研究的書籍、論文，想必從專業的內容到詭異的胡扯都有。

這類桌上旅遊也不錯，但我更喜歡在真正的旅途中大感吃驚。「哇！這裡有餃子吔。這裡也有！」這次的旅程也是，我本來就知道俄羅斯的「pelmeni」，沒想到波羅的海三小國，甚至到了波蘭都還有類似水餃的食物，實在難以想像，簡直是一連串的驚喜。咦？還有？會出現在多少地方？就這樣，似乎成了一趟追蹤餃子的旅程（當然餃子不是原先的目的）。順帶一提，從波蘭搭乘夜間列車前往奧地利的維也納，在那裡倒是沒看到。

餃子有趣之處，就在於各種變化。例如，在中國，餃子並非一道菜。我聽說，餃子皮就相當於白飯。好幾次我同時點了餃子跟白飯，服務生總會反問：「咦？還要白飯？」不至於絕對不能一起吃，但想起來大概就像拉麵白飯套餐的感覺吧。

在俄羅斯跟波羅的海三小國會搭配酸奶，尼泊爾或蒙古的內餡用的不是豬肉，而是羊肉。至於我沒吃過的土耳其餃子，聽說還用了優格跟乳酪。追本溯源，應該是一種用麵皮包入絞肉跟蔬菜末後，或蒸或水煮的料理，後來配合每個地方生產的食材及飲食習慣，變成當地特有的料理，這真是太吸引人了。而且不管怎麼搭配都極為美味。

於是，我夢想著有天要來一趟純粹追逐餃子的旅行。不知道會不會在非常遙遠，從來無法想像的土地上，遇到還沒有任何人發現的餃子料理。

要是真能實現，該會是一趟極盡奢華的旅程吧。

勾起豪飲欲望的城市

我曾因工作緣故到西班牙的巴斯克（Basque）地區。這一帶以政治不穩聞名，但美食也同樣有名。在不算大的區域裡，有一整排米其林星級餐廳。聽說每年度假旺季，有許多歐洲人為了一嘗美食紛紛跑來這裡。

我在此區的村裡停留五天，採訪當地的食材，作為小說的題材。出門前我還喜孜孜，心想這真是個好差事，但看來天底下根本沒有只嘗甜頭的工作。結果，這五天雖然吃得好，卻很緊湊辛苦。幾天的行程都是早上八點出發，晚上十二點才回到住處。在移動的車上雖然想看風景，竟忍不住就睡死了。

話說回來，這真是個美食天堂。聖賽巴斯提安（San Sebastian）這個熱鬧的地區到處都是酒吧，就像主題樂園似的。每間酒吧的吧台上，都放滿稱為「pinchos」這類在麵包上鋪餡料、插著牙籤的下酒小點。另外還有整排米其林星級餐廳、當地人喜歡的傳統小館、新式手法受到外國人高評價的餐館，以及專賣鮮魚料理的店家……應有盡有。此外，孤立在山裡的小館子，竟端出極棒的牛排。

我見了這些餐廳的廚師，跟他們聊了很多，但我問了所有人同一個問題。「最能撫慰你的『舒心食物』是什麼？」從兒時吃慣的口味，伴隨著自己成長，直到現在仍覺得津津有味的料理。

沒想到每個人都給了相同答案。我原先以為，在這麼充滿多樣化美食的地方，不知道會聽到什麼好料，結果所有人的答案都是「豆子」。

巴斯克地區現今以美食出名，但聽說這裡過去並未出產什麼食材。多數人都是從小吃豆子湯，跟用水泡發的鱈魚乾料理長大。五、六十歲的人這麼想還能理解，但就連三十出頭的年輕廚師也這麼說，表示這道傳統料理到了食材暢通的現代，依然傳承了下來。

不過，仔細想想日本人也一樣。東京有中菜、義大利料理、法國菜，甚至民族風異國料理，種類豐富得驚人。加上很多餐廳的口味好吃又道地，我認為這真是座特別的城市。但住在這裡的我們，要是問到能撫慰心靈的食物，脫口而出的就是味噌湯、白飯，這類平凡的食物吧。另外，經常聽到大家會問，人生最後一頓晚餐想吃什麼，幾乎所有人都回答「剛煮好的白飯」。還有人會加上魚、雞蛋，或是納豆。

在巴斯克這個地方，所有人都是喝著豆子湯長大，即使是三星餐廳的菜單上也有豆子湯。有些湯會將豆子燉得軟爛，再加入辣醬。原先期待著不知道會吃到什麼好料，結果每餐都得吃養大當地人的豆子湯跟鱈魚乾料理。雖然很好吃，但每次都很掙扎地心想，既然到了全球知名的米其林三星餐廳，當然也想試試其他菜色。不過世界上可沒這種盡嘗甜頭的工作呀。

在這裡只停留數天，我發現此地的所謂「美食」，並不是多豪奢的食物，而將重點放在如何好好品嘗。換句話說，他們關心的不是「吃什麼」，而是「怎麼吃」。一股腦地將食物塞進嘴裡填飽肚子，這種行為稱不上吃美食。跟喜歡的人、信任的人、一同共事的夥伴，圍坐在桌邊吃吃聊聊，花時間好好品味，這才叫「美食」。這些人並不是刻意想這麼做，而是很自然地就選擇以這種方式品嘗食物。這讓我想起來，停留的那幾天我沒看見半間速食店。

在酒吧裡點一、兩道下酒小點，喝一、兩杯酒，再換間酒吧……這樣一間換過一間喝，在巴斯克語好像叫「txikiteo」。竟然連這種行為都有專有名詞，真是太酷了。

走在一整排酒吧的聖賽巴斯提安老街，看到每間店都好想進去，根本無法保持平常心。結果沒什麼自由活動時間，只晃了幾間肯讓我們採訪的店，在依依不捨之中就該踏上歸途了。

唉，真希望還有機會再訪巴斯克，不為工作，可以盡情「txikiteo」！

將不方便視為奢侈品

之前我搭了大阪到札幌的臥鋪列車，其實去年我也搭過從東京出發到札幌的臥鋪列車，前者是從日本海沿岸，後者是從太平洋沿岸進入青函隧道。我望著窗外風景心想，要不是對鐵道情有獨鍾的人，不會想來這種兩天一夜的列車之旅吧。而我這兩趟行程都是因為工作。

通常，講到喜歡鐵道相關事物的人，會冠上「鐵」這個字。像是喜歡拍照的話就是「攝影鐵」，喜歡搭乘的就是「搭乘鐵」，喜歡研究鐵道的女性叫「鐵女」，聽說有很多不同分類。

要問我喜不喜歡鐵道，其實沒什麼特別感覺。從未因為想搭某個特別的列車專程出國，以後應該也不會。不過，回想起自己出門旅行，搭火車的比例還滿高，搭臥鋪列車的次數也不少。我還搭過連接芬蘭跟俄羅斯的國際列車。在泰國、越南、柬埔寨，都搭乘臥鋪列車移動。從北京到上海也在臥鋪列車上過了一夜。還搭過西伯利亞快車，另外從波蘭的克拉科夫（Kraków）到維也納搭的也是臥鋪列車。對了，在西班牙搭的臥鋪列車，我還跟吃著員工餐的列車人員一起喝了好多葡萄酒，醉醺醺地，壓根不記得那班列車是從哪裡開到哪裡。

長途移動時，方法有飛機、火車、巴士，還有開車或搭計程車，但一般來說仍以前三項為主。雖然我對火車毫無興趣，但要我三選一的話，還是會選火車。

飛機固然方便但太無趣。要不是趕時間，我很少搭飛機。

其實比起火車我更愛巴士，但長途移動的話上廁所是個問題。那種備有跟百貨公司差不多乾淨廁所的巴士，出了日本就再也沒看過。就我自己的經驗來說，光是巴士上有廁所就很難得，或是就算有也多半永遠故障。

就這點來看，長途列車就一定有廁所，更棒的是還有餐車。有些列車就算沒有餐車，也會送餐到座位，或是販賣便當。

我非常喜歡這段「在列車上用餐」的時光，也很喜歡餐車；當不成「鐵女」，但大家可以叫我「餐車女」。只要列車上有餐車，我一定會去，而且一定會吃點東西。這段時間能讓我享受到，旅程其他時候所沒有的愉快跟滿足。

即使沒有餐車，我也覺得在列車上用餐的時間，比搭巴士到休息站吃飯來得有趣多了。車窗下有人走來走去賣便當，四周的空氣都瀰漫著食物香氣。「這個，請用。」經常會有陌生乘客拿出東西請我吃。

雖然已經是十三年前，我還記得從越南順化搭夜間列車前往芽莊。那是三層臥鋪的列車，我上車時已是深夜，車廂裡黑漆漆，我好不容易找到自己的床，發現竟然是在三層臥鋪的最上層。千辛萬苦爬上去，準備要睡的時候，看似年紀頗輕的服務生分給我一只塑膠容器。我接過容器後，看她從旁邊的鍋裡舀了幾勺進碗裡隨即離開。這似乎是隨票附贈的餐點。容器裡不斷冒出熱騰騰的蒸氣，但太暗了看不出裡頭是什麼。我就在看不見的狀況下，拿著鍍銀湯匙吃了起來。不知道裡頭有什麼，總之是熱呼呼，很順口的湯，好好吃。

印象中那班列車早上有發給乘客餐盒，裡頭是麵包、可樂、水果跟餅乾。把床鋪當作座位，跟當地人面對面坐著享用。有一家人的母親送我一顆水煮蛋，我們用著彼此聽不懂的語言交談，大家在自以為溝通的對話中，笑著吃早餐。

最近如果是在同一個國家移動，許多地方的巴士都很發達，比火車更方便又便宜。墨西哥的長途巴士甚至太發達，使得搭火車的人銳減，很多路線停駛。對於雖然不愛鐵道卻喜歡餐車的我來說，想搭火車卻發現整條路線皆已消失，實在很錯愕。最後還可憐兮兮跑到關閉的車站看看。

由於搭火車實在太不方便，我也只好搭長途巴士。事實上，巴士很方便又便宜，加上行駛的道路兩旁貼近人們的生活，也很有趣，加上在偏僻的地方還有休息站，帶著濃濃的旅情。然而，另一方面我仍希望火車跟它的不便能一起保留。即使我不是鐵女，也這麼想。

我依稀還記得一段兒時搭長途火車的餐車回憶。現在已經沒有當年我搭的那種臥鋪列車，車上也沒有餐車。光是花上一整天前往札幌就再奢侈不過，長途列車跟餐車，未來可能變得愈來愈奢侈。慢慢地，或許也看不到陌生的旅客分食便當或自己攜帶的食物。真是不捨。

非文化性的旅行

一講到「旅行」，我會立刻聯想到國外旅行，因為我真的很少在國內旅遊。這其來有自。在我二十出頭開始隻身旅行時，有閒沒錢，而日本的國內旅行非常貴。加上我沒有駕照，旅行非常不方便。因此很自然都往東南亞跑。

東南亞的物價低，千圓以下的住宿選擇很多，在小攤子吃一餐兩、三百圓就能解決。另外，像是泰國、馬來西亞這種觀光大國，交通網十分發達，就算沒有汽機車駕照，也能用便宜價格前往很多地點。

在我三十出頭之前，就是不斷重複這樣的旅行，從未在國內旅行，於是對我來說，旅遊就等於出國。後來經濟比二十幾歲時來得寬裕，自然而然就想把目的地拓展到歐洲或中南美。

由於從二十幾歲到現在，都未曾在國內旅行，我對此真的一竅不通。對距離沒概念，交通工具也不熟。比方說，我以為同樣都在長野，應該很近吧，結果從高遠到松本坐了兩萬圓的計程車，嚇死我了。另外，到九州身處熊本深山裡的旅館，三更半夜才發現附近沒有便利商店，當場愣住。類似這樣，總是狀況百出，所以我真的很少隻身在國內旅行。

國內旅行要不是因為工作，就是跟朋友一起。一般人什麼功課都不做，翻翻旅遊書，發現附近有鐘乳洞想過去看看，或順便到那地方的美術館走走。但我的狀況就累了，因為我的「附近」，是要換兩次一小時只有一班的公車，「順便」大概會花上半天。所以我選擇什麼都不準備，默默跟著朋友或工作夥伴。其實這樣也很開心，而且比自己規劃的行程更充實。

在長期經歷這種完全交給其他人規劃的國內旅遊後，最近我有些感想。

想多看，多去一些地方，多嘗試不同的事物……在陌生旅程中會想做很多事，但我更想追求的，不是美景，不是觀光景點，不是歷史遺跡，也不是神社佛閣，而單純只有品嘗美食！

無論是工作或跟朋友出遊，決定好地點時，我第一個想到的就是「那裡有什麼好吃的？」由於行程安排全部交由對方打點，一到目的地我就會問，「晚上要吃什麼？」但如果對方反問我想吃什麼，因為我根本沒做功課，也毫無概念。「交給你吧，我只要好吃的都行！」我絕對相信，朋友或編輯會比我更清楚當地美食。

之後無論吃海鮮、肉、豆腐都無所謂，只要大家一起大啖當地知名料理，再喝上幾杯，這時我就會打從心裡覺得，「旅行真棒！」東京雖然什麼都有，就連鹿兒島、秋田、北海道等地的料理專賣店都不缺，而且能吃到不輸給當地口味的鄉土料理，但還是比不上在當地品嚐來得開心。

當然也不是每次都吃到超好吃的美食，有時也會遇到「咦？在東京吃到的〇〇料理比較好吃」的狀況。雖然如此，但加上了「旅行真好」的心情，所以我特別喜歡在旅遊時品嘗美食。

旅行的樂趣就是吃！只要有好吃的就沒問題！聽起來好像沒什麼出息，沒什麼上進心，或一點氣質都沒有。不過，最近我看開了，沒上進心又沒氣質就算啦。

我有時會跟一群超過七十歲的老先生、老太太，到熱海或箱根的溫泉，來個兩天一夜的小旅行。老人家不方便到處走，其實根本沒有所謂的觀光。大概就是一到目的地，便搭計程車到蕎麥麵店，小酌一杯後前往下榻旅館，然後泡溫泉和吃喝直到深夜。隔天到最後一刻退房後，前往中午開始營業的壽司店……差不多就是這種行程。整團裡年紀最小的我，總是心想，這樣真不錯，真希望自己就這樣到老，打從心底愉快肯定這種自我墮落的感覺。

習慣旅行的程度與服裝

我喜歡旅行，卻始終無法適應。不會看時刻表，地圖看不懂，而且還是路癡。每次出國總是提心吊膽，看著旅遊書裡「犯罪的類型與手法」時，嚇得全身發抖。明明二十年來都這樣隻身旅行，到現在還是這樣。說不定我根本不適合旅行。

另一件讓我深深體會到自己不適合旅行的事，就是行李。

我的行李很輕巧。用的背包很小，就連附輪子的行李箱也是小尺寸。每次在機場遇到約好的同伴，大家都很驚訝。「哇！好小哦！」還有人會說「你一定很習慣旅行吧。」根本沒這回事。

行李之所以小件，是因為我不想提重物。我通常在出發前一天，或是在當天一大早，提提看打包好的背包或行李箱，萬一覺得「還是好重！」就會重新整理，直到出發前一刻。

毛巾不需要吧。T恤可以洗，帶一件就好了吧？襪子我看也不必帶了。就這樣，行李愈收愈少。結果，每次到了目的地就大傷腦筋。因為不是「最基本的必需品」，而是單純的「最低門檻」，經常不夠用。

哎呀，應該帶那條披肩的。海灘拖鞋又不重，為什麼拿起來呢？沒想到有些飯店不提供毛巾呀……啊，忘了帶鬧鐘啦！也曾因每天穿那一百零一件T恤，被旅伴嫌棄「有點臭吔」，之後才趕緊又買一件新的。

這如果是一個人旅行或是跟朋友，倒還不成問題。反正真的缺了什麼買就行了，或是跟朋友借，再不然就用「只帶這麼少東西」的理由，就算每天都穿得很怪，旅行時也不會有人介意。

問題出在因為工作外出時。雖然機會不多，的確有的工作內容是要我跟攝影師、編輯，三個人出遊，寫下旅遊時的印象。這種情況下縱使知道會拍攝照片，但依舊沒能克服對旅行的不習慣，加上認為自己不是拍攝的主角（畢竟是以文章為主），因此從來不特別謹慎準備服裝，也不考慮搭配。夏天就挑穿了不會熱的衣服，冬天就準備穿了會暖的服裝，鞋子為了好走，就穿平常穿慣的平底鞋。

因為這樣，經常讓我陷入窘境。

例如，這是秋季號刊物，你沒多帶一件長袖上衣嗎？

或者是，這也算是有點水準的餐廳，最好能穿件有領子、稍微正式的服裝……

還有，衣服拍起來看來有點褪色而且有汗漬，沒有其他T恤可以換嗎？

曾在這種狀況下借了人家的衣服穿，或是無奈之下只好遮遮掩掩，希望不會被拍到衣服上的汗漬。

有人提醒還算好的，如果等收到樣書，看到自己照片時才發現「怎麼穿得這麼邋遢！」那才真是悲哀。襯衫搭裙子就算了，腳上那雙厚厚高統襪跟運動鞋，看得連自己都難過。

跟其他同行一起外出工作時，我才發現：衣服愈多愈好，帶了不穿也無所謂，即使天氣熱最好還是有件外套，就算天氣冷也得多準備薄T恤。另外，正式場合跟休閒風的服裝都要帶。再說，衣服真的沒什麼重量，雖然行李會變得比較大件，但總比到時候「我只有這件」好多了。不必恥於自己很窮酸，也不會造成其他人困擾。

後來，我要是為了工作出行就會盡量多帶點衣服，有需要的話連鞋子都帶兩雙。雖然有時衣服帶得多了，也會因「該怎麼搭配才好呢？」不知所措，但總比只有一套好太多。另外，愈來愈多時候會多帶些飾品。就算到時忘了用，帶著也有益無害。

聽到編輯說這是秋季號，需要長袖，立刻得意地披上長袖開襟衫，而且小外套跟其他衣服還很搭，就覺得很開心，暗暗想著「我也是很習慣旅行的人呢！」外出旅行穿得特別好看的人，其實不是有品味，而是很習慣旅行。

然而，即使長久以來不適應，自己也覺得不適合，但仍然無法戒除旅遊。我也常心想，真是愛上個不得了的對象。

旅途中慢跑

雖然稱不上有興趣，但我平常會慢跑。大約五年前開始，不知不覺成了習慣。倒不是有趣而無法自拔，只是沒遇到放棄的時機就持續著。如果問我喜歡跑步嗎？我的回答是「討厭」。真的很討厭。不過，養成每個週末跑步的習慣後，不管喜不喜歡，時間一到就想著，「好，（雖然討厭）去跑步吧！」

傷腦筋的是遇到出差。原本心想，不必連出差時都去跑吧，但一旦成了習慣，不跑好像就渾身不對勁。某次到長野的高遠出差，剛好遇到週末，還特地帶了慢跑鞋。清早在陌生街道往山上跑，真有意思，心情好愉快。一路上被不熟悉的景色吸引目光，都忘了跑步多辛苦。

有了這次愉快的經驗，之後到小樽出差時，也帶著慢跑鞋跟運動服。沿著海邊跑步，有股說不出的暢快。

不過到大阪、京都時，因為住宿地點在市中心，心想找不到適合跑步的地方，決定逃避現實，連慢跑鞋都沒帶。

週末到山形出差兩天一夜時，我跟安排當地飯店的朋友說，「我想找地方跑步。」對方聽了爆笑出聲，告訴我「哪有辦法啊？」到了當地我才恍然大悟，積雪好深哪。當時是二月，但在關東土生土長的我太無知，根本無法想像雪會積得這麼深。

前陣子我在農曆新年到台灣出差一週。當時雖然些微猶豫，最後還是帶著運動服跟慢跑鞋。結果，連續幾天一早起來都在下雨。明明下午就放晴，早上卻天天有雨。有一天雖然出太陽，但我嚴重宿醉，早上就連走路都有困難。

到了回國前一天，終於等到好天氣。一番掙扎後，心想機會難得，還是換上裝備外出。我住的地方位於台北市信義區這個市中心，身為路癡的我，打算筆直往前跑一段路後折返。下定決心後走出飯店。

在外國而且還是大都市鬧區跑步，需要很大的勇氣，不過或許當地也很流行慢跑，路上看到其他慢跑的人。飯店前的公園布置了一整排農曆新年的裝飾，看來好熱鬧。離開公園就遇到一條東西向的主要幹道——忠孝東路。我在這裡轉向西側。早上八點，商店跟一些賣場都還沒開門，但有些賣早餐的餐車、攤子或小吃店。看起來是在上班通勤途中的女孩，邊走邊嚼三明治。有些生意好的店還大排長龍。

這條路的下方有捷運板南線，我就在上方慢跑，一路上不斷出現捷運車站，先前搭捷運移動的路線，這時邊跑邊在腦中立體呈現。跑著跑著，看到太平洋SOGO百貨公司，繼續往前跑，又跑了一段路之後，出現台北車站。

六年前我曾住過SOGO百貨公司附近，至於台北車站周邊，則是初次來台旅遊時的住宿地點，已經是十三年前的事了。沿路一邊跑著，當時的記憶連同地圖一起浮現腦海。突然好懷念，回程繞到SOGO附近，尋找六年前住過的飯店。我記得很清楚，往SOGO後方兩、三個街區跑去，看到住宿時常光顧的全家便利商店，「喔！」朝斜對面望去，對啦對啦，雖然早忘了叫什麼名字，眼前的飯店立刻與記憶中的建築物重合。

哎呀，真令人懷念，我繞了飯店一圈，轉往東朝仁愛路跑。這條路很寬敞，中間的分隔島種了一整排樹木，跟人行道上的樹都掛著農曆新年的吊飾，真的好漂亮。

好不容易看到台北一〇一出現，只要往那邊跑過去，飯店就在旁邊。過去兩次到台灣旅行，我是以街區來記憶台北整座城市。例如，賣乾貨的街區附近、SOGO百貨公司周邊、龍山寺一帶……類似這樣。一個個分開的街區，原本並未連在一起，但多虧這趟慢跑，讓我串聯起這幾個區塊，甚至還知道原來這條路一直走就會到某個地方。照理說走路的話也能搞懂，但每次一走累了就忍不住搭捷運，才會只記得片段。或許這次是身上只帶了一點零錢，要回到飯店只能靠自己的雙腿，這股戰戰兢兢的心情幫了大忙。

類比式旅遊紀念照

不同年紀的各階段，我旅行的長度跟方式有不少變化，在旅行期間拍的照片也有所變化。剛開始隻身旅行時，非常執著於拍紀念照。所以每張照片裡都有人物，要不是自己，就是在當地認識的朋友。如果沒拍到人，也會有明確的拍攝對象，比方建築物、寫著車站名稱的招牌，或某處觀光景點。

三十歲後，先是不再拍自己的照片。還是會拍當地新朋友的照片，但我不再一起笑著入鏡。此外，觀光景點這類一眼看出拍攝對象的照片沒了，變成愈來愈多的風景照。

這樣的轉變其來有自。我從這段時間開始寫些旅遊隨筆，經常需要配合文章的照片。其實比起我的蹩腳照片，應該有更多品質更好的作品，但若跟攝影師或照相館調照片，就得付使用費。當初編輯跟我說，如果我手邊有照片就能用，純粹是為了節省成本。

我是攝影方面的門外漢，對自己的品味又毫無信心，經常連對焦都不準，總之我決定多拍一點。風景、交通工具、食物、天空、商店櫥窗、市場攤位上的魚、水果、生鮮肉片。有種亂槍打鳥，總會矇中幾隻的概念。

接下來，四十歲前，我已經不會在旅遊時立即跟人熟稔、成了朋友。過去會在當地認識人，隔天、再隔天都一起同遊，甚至還有人邀我去他家玩，最後還送我到碼頭或火車站，依依不捨道別。但後來這種事也愈來愈少，就算在旅程中認識、交談，最後也各分東西，在人生擦肩而過，一輩子不會再見面。逐漸地，我拍的照片裡幾乎不再有人物。

現在重新看看那些照片，無論是自己或其他人，只要是拍攝人物的照片，一看到就浮現當時鮮明的回憶。像是跟這個人聊了這些話題，吃了哪些東西，後來他還帶自己去了哪裡……點點滴滴的細節湧現腦海。

反觀大量的風景照，多半想不起來當時究竟想拍什麼。有些拍到太細節，看不出是在哪座城市，或當初為什麼要拍下這個景。

從大量照片中，也看出自己喜歡的風景有固定模式。我似乎特別喜歡那種一條路筆直延伸，到了盡頭一個轉彎再也看不見的景色。無論到哪個國家，哪座城市，都留下很多這樣的照片。

不過，倒也不是完全沒印象，有時看著照片，也會映出那一瞬間的心情，歷歷在目。可能是有些提心吊膽、開心興奮，或雀躍不已。甚至偶爾還想到，對了，憶起當時逝去的那段戀情。

然而，這類照片平常不太會去翻看，多半是在尋找需要的照片時不經意看到。然後每次都忍不住「哇！」，很驚訝那些平常遺忘的回憶，褪到幾乎再無色彩。

開始用數位相機後，我還是會列印出紙本保存。直到前一陣子都還保持這個習慣。我這個骨子裡還是昭和時代的人，碰到人家跟我要照片時，翻紙本相簿會比在電腦上找檔案快一些。

不過，大量的照片實在太占空間，我終於也製作了縮圖燒成光碟保存。多年來自己外出旅行的照片類型逐漸改變，就連保存方式也變得不同。在光碟中搜尋照片又跟翻相簿不同，不會有「不小心看了起來」的狀況，因此也不再有那種無意之間，讓旅程記憶在剎那浮上心頭而感到的困惑。

這麼說來，我想到二十幾歲時，每趟旅行回來就會找朋友，分享在當地跟新朋友的合照，聊著旅程中的趣事。朋友或許壓根不感興趣，但還是很有耐心一張張看著照片，聽我敘述。但自從只拍風景照後，也不再做這種事了。想想真令人有些落寞，看來在拍照上，我仍然是個停留在昭和時代的類比人。

旅行與交通工具

聽到朋友旅行時會在當地租車，我著實心驚一下。國內的話倒也罷了，在國外開車吔！不過，在吃驚的情緒平復後，其實羨慕得不得了。

我沒有駕照，完全沒概念在旅程中究竟要怎麼開車。在國內還好，但到了國外，行車方向相反，從右駕變成左駕，習慣跟道路禮儀都不同，在這種狀況下他們居然還能平安駕駛，讓我佩服得五體投地。交通號誌是全球一致嗎？

如果不是，該怎麼了解哪些是禁止行為呢？道路禮儀是全球一致嗎？

以前有朋友告訴我，在路上禮讓其他車輛後，對方閃了幾下方向燈就是表示感謝，但這是日本人特殊的習慣嗎？或只是某個年齡層用路人之間的默契？表示感謝，表示歉意，在路上禮讓……如果不懂這些規矩，會不會惹惱對方呢？光用想的，我就好害怕。

不過，確實有很多地方是沒有車就到不了。每次我一個人出遠門時，都會感受到這樣的侷限。「本來想去那間寺廟，結果開車要十五分鐘……巴士冬天停駛……」一想到就意志消沉。先叫計程車，到了寺廟後，請計程車等候，然後再坐同一輛計程車回去，唯有在甘願耗費這麼大工夫（還有克服心理上的麻煩）還想去時，才會真的付諸行動。

我之所以出國會比國內旅行的經驗多很多，交通工具也是一項原因。大學時期幾次在國內旅行，都是心想「辦不到！」而早早放棄。比方說，沖繩。都市單軌電車（Yui-Rail）沒到之處，光從機場到飯店都很累人。此外，要去姬百合之塔、齋場御嶽、讀谷村、萬座海灘……一想到這些地方都只能搭計程車，對十九歲的我來說實在太過奢侈，當場頭都暈了。而且並非只有沖繩，日本國內差不多都是這樣。雖然有巴士，卻是一天只有一班，或是附近沒有可投宿之處。此外，住宿費很貴，幾乎沒有民宿之類的設施。在沒什麼經濟能力的年輕歲月，國內旅行在我心目中的印象除了貴，還是貴。

偶爾搭朋友的車旅行，我才知道方便得驚人。就算電車沒到，巴士一天只有一班，住宿地點多遠都無所謂，只要有車，都能輕鬆抵達。看是要去採葡萄，去深山裡人煙罕至的溫泉，還是去只有少數人知道的私人博物館，或河邊的廉價旅館都行。甚至萬一沒錢住旅館時，還能睡車上。

即使有車子旅行起來這般方便，我也不可能每次都拜託朋友帶我出門。於是，我把目標轉到出國旅遊。一個國家的交通方便性會跟到訪的旅客數量成正比，如果連結主要車站的大幹道是鐵路，那麼巴士就會非常發達，四面八方向外延伸。有長途巴士、小巴，還有共乘計程車，而且車資都很便宜。因此，在經濟狀況隨時窘迫的二十幾歲，我出國旅遊的頻率比較高。

同樣地，雖說我到了四十幾歲開始不會每天睡前在床上計算盤纏，卻開始比過去更感受到旅程中可到達的範圍有限。年輕時，巴士到不了我可以用走的；如果非搭計程車不可，我就當場放棄。就算因此錯過了某些事物，我也無所謂。

當年的旅行，每一場都是自己的節儉之旅。

隨著年紀增長，求知心逐漸勝於節儉的需求，想多了解、多看、多接觸、多品嘗。就算搭巴士去不了的地方也想去看看。經濟上負擔得起搭計程車了。然而，萬一無法跟計程車駕駛溝通呢？萬一是個恐怖駕駛呢？要是被載到莫名其妙的地方？開始想這些有的沒的。結果就會問自己，「是不是花上一番工夫也想去呢？」

有車的話這些事情都能解決吧，每次聽到開車出遊的朋友敘述，我都這麼想。幾乎想去哪裡就能去，偶爾會遇到很吸引人的地方或店家，還能隨心情改變行程。這簡直一舉顛覆旅行原有的概念。然而，我還是不去考駕照，這是因為自己百分之百相信，我絕對不會開車。哪怕真有奇蹟發生，讓我拿到駕照，我也絲毫提不起勁在國外開車。

我曾認真想過，找個會開車的朋友一起自在恣意同遊，體會全新的旅遊方式。如果這樣的旅程讓我有難忘經驗，說不定哪天我真的願意創造奇蹟。

旅行的輕重

我會花將近一個月時間走一個國家。長久以來我都這樣旅行，也覺得這種旅行方式最棒。就算沒辦法了解一個國家，總可以親近吧。換句話說，我認為想要親近一個國家，就得花上這麼長的時間。否則就只算小旅行。

這十年來，我根本不可能休息一整個月，旅程縮短為兩星期到十天左右。最近連想出門個十天都很困難。真的想要休一次長假也不是不行，但是休假前必須非常拚。結果，現在就無法單純只為了興趣而旅行。感覺上，旅行這個唯一的興趣已被剝奪，但這當然不能怪任何人，全都因為我工作太沒效率。

最近我發現，過年期間似乎勉強能休息一段時間。在元月三日一般人開工後還有幾天。我工作上合作的是出版社，多半在六、七號才開工，加上很多工作都已在年底告一段落，新年伊始不太會有什麼緊急狀況，加起來多半能休到十天。

一想到旅行，我腦中首先浮現的就是出國。這也是來自過去累積的經驗吧。國內旅行雖然也好玩，但既然能休長假，還是想出國，去個沒去過的地方。

旅行能用的時間大約一星期。一數日子，就讓我失望。才短短七天。七天，我一定還搞不清楚巴士該怎麼搭，當地的硬幣有幾種面額，甚至連「謝謝」要怎麼說都還沒學會，就得踏上歸途。

扣掉交通移動的時間，天數就變得更短。既然這樣，最好避免去歐洲或是南美這種光是來回就要花上一整天的地方。這麼一來，能去的地點就會自動浮現，從幾個候選目的地，尋找還沒去過的國家，嗯嗯，沒有能引起遊興的啊。話說回來，更令人有些落寞的是，為什麼得用這種方法挑出旅遊的地點呢！不是「想去哪裡」，而是「能去哪裡」。不過，實際上就只有一星期的時間啊……

惱人至極。無法決定。

有一次，我跟另一名喜歡旅行的同行吃飯，席間突然問她。

「如果空出一個星期，你會去哪裡？就只有一星期哦。」

她告訴我，會去德國的法蘭克福吧。沒去過那座城市，想去看看。另外，還想再去一次阿根廷。

當時我聽了實在太震驚。法蘭克福！還有阿根廷！這個人根本不在乎旅途的長短呀。對她來說，「想去哪裡」的因素來得重要多了……

仔細想想，我發現好像這樣才對。因為只有一星期，就得限縮旅遊的目的地，想來實在太糟蹋。

於是，我最後挑的目的地是希臘。雖然十幾年前曾去過，但這次想到不同的島上住住看。日本到希臘很遠，而且沒有直飛，必須在卡達轉機。由於安檢十分嚴格，旅客大排長龍。一想到回程也得再一次，就心灰意冷。光是來回飛行要花上將近兩天，完整停留在希臘的時間只有五天。就我過去的標準來說，這哪叫旅行，這麼短的時間根本只是路過。

不過，這趟旅行也在心裡留下深刻印象。正因為時間短，萍水相逢的幾個人都好親切，教人難忘，吃過的東西也幾乎都記得。大概一開始就知道停留的時間有限，連「謝謝」、「不客氣」這些字眼，聽過就立刻記起。還有「你好」、「好吃」這些話也馬上學會。

的確，這種經驗跟長時間旅行完全不同，但差別並不在於輕重。並非簡單分成長時間就比較重，短時間比較輕。而是有些事情得花上一個月的旅行才能學到，同樣地，也有些事情是只在五天的短期旅行才能體會。

從那次之後，我不再刻意避開短期旅行。遇到過年能休長假時，也不會計較飛行的來回時間。無論哪裡，只要想去的話就去。

不管五天還是三天，能「待在」那個地方，這就是旅遊的本質吧。

身處在那個地方，呼吸當地的空氣，感受溫度，吃著當地人吃的食物，喝著在當地才喝得到的酒，即使有些提心吊膽，仍然鼓起勇氣走在暗夜。就算停留的時間不長，一定也會看到什麼大開眼界的事物。寬敞的馬路、雄偉的建築物、車體超長的巴士、建築物上到處是塗鴉、墳墓的形狀令人嘆為觀止。其他還有像是市場鬧哄哄、很多乞丐、物價高低。所見所聞都讓我意外。吃驚後設法適應。這就是我對旅行的定義。

我在心裡一直很感謝那個說想去法蘭克福，還想去阿根廷的女生。她讓我重新找回旅行的意義。

與神明重逢

在旅程中都有神明，這是真的。神明會以不同姿態出現。

在我面前多半是以年長紳士的面貌現身。我是在六年前到墨西哥旅遊時發現的。三週內，我大概跑了半個墨西哥，但我當初沒做任何功課，發現當地英語完全不通才嚇一大跳。就連觀光客眾多的瓦哈卡（Oaxaca），還有墨西哥市英文都用不上。無論問路還是點菜，都只能比手畫腳，或在筆記本上畫圖，要不然就是秀出旅遊書上的西班牙文單字，非常辛苦。

我打算從克雷塔羅（Querétaro）到塔斯科（Taxco），來到巴士總站。由於一天沒幾班車，我特地提早到車站，只是我在櫃檯不斷重複好幾次「塔斯科」，還加上用寫的，女性售票員卻一再說著我聽不懂的話。

我不斷重複「塔斯科」，對方也拚命不知在解釋什麼。語言完全不通之下，經常會陷入這類膠著狀態。

這時，有一位老先生經過，湊過來看看發生什麼事。不知道他是不是住在附近，看來跟櫃檯售票員認識。怎麼啦？他用英文問，我告訴他我要去塔斯科，他隨即跟售票員說。售票員聽了立刻解釋一大串，老先生轉述：「現在這個季節沒有到塔斯科的直達巴士，你要先去托盧卡（Toluca），在托盧卡換往塔斯科的車。」原來如此，售票員一直在跟我說明這件事啊。買了在托盧卡轉乘到塔斯科的車票，售票員又說了幾句話，終於露出笑容。我還在跟對方道謝時，老先生拉著我的手，往巴士站小跑步。「巴士要開了，快點！」說完後，他又對站內的工作人員講了幾句話，接過一個小盒子塞給我。到了乘車處，老先生走上看似往托盧卡的巴士，指著我跟駕駛先生交談了幾句，下來後叫我上車。他笑著對我說，已經交代駕駛先生，我要在托盧卡換車。我還來不及道謝，他已經轉身穿過落在巴士總站的光影中。車門關上，發動駛離。

我打開他剛才塞給我的盒子，裡頭裝了三明治、可樂，蘋果跟巧克力。我看看四周，其他人手上都沒有。看來這個午餐盒是只給長途旅客，老先生特地幫我拿的吧。

到了外地語言講不通，加上我是個路癡，經常弄錯時間，出門旅行經常遇到這種狀況。語言完全無法溝通之下，徬徨失措。一旦迷路，連該怎麼回到原先的位置都搞不清楚。看不懂公車站牌的標示，渾然不知自己該搭哪一班車。遇到這些狀況時，腦袋先是一片空白，但總會有人及時伸出援手。多半都是剛好經過，住在附近的人，但在墨西哥的那個巴士總站，我恍然大悟，其實這些都是神明的化身。那位老先生一定是在世界各地遇過我好幾次的神明，這時變身為墨西哥人的模樣。

另外，今年年初在好不容易擠出的幾天假裡到了土耳其，旅遊之神又出現了。

假期約一週，所以決定只待在伊斯坦堡。不過，從抵達隔天就開始下雪，而且愈下愈大。聽說是寒流來了，連新聞都報導街上的景象。

因為實在太冷，我打算到伊斯坦堡附近的溫泉。聽說有個叫亞洛瓦（Yalova）的溫泉鄉。我搭電車跟渡輪到了亞洛瓦，但旅遊書上的地圖沒標出哪裡有溫泉，下了渡輪也只看到大馬路，四周只有住家。

我回到渡輪搭乘處，問裡頭的售票小姐，「請問有這裡的地圖嗎？」對方露出疑惑的表情。地圖呀，地圖！我翻出旅遊書上另一幅地圖給她看，卻無法溝通。我想去亞洛瓦溫泉，有巴士可以到嗎？巴士站在哪裡？換個問法對方還是聽不懂。這也難怪。就連「地圖」都溝通不清了。一臉為難的售票小姐去找了主管，我對著年長的主管拚命說「地圖！地圖！」，對方果然還是聽不懂。我看見櫃檯後方的辦公室出現一張張困惑的表情。

哎呀呀，照例的膠著狀態。該怎麼辦呢？

就在這時，「怎麼啦？」背後傳來一個聲音。我轉過頭，看到有位中年男子，腋下夾著報紙。我一眼就看出來。再次重逢！旅遊之神的土耳其版！

這位神明一樣幫我們雙方轉達要說的話，帶著我沿著大馬路走，告訴我直走就能到巴士總站。這個顏色，現在開過去的這個顏色的巴士就是到溫泉鄉。他還沒聽到我最後那句「謝謝」，就舉起一隻手轉過身，一眨眼不見人影。

接下來我還會在哪裡，遇到哪個人種的神明呢？

旅途中的孩子氣

因為工作，我經常跟陌生人一起旅行。

像是旅遊節目出外景、雜誌的旅遊專題、在機場初次見面自我介紹，這種狀況還不少。於是會跟才剛認識，或見過幾次但連對方幾歲也不知道的人，同行好幾天。十幾年來都如此，不知不覺也習慣了，但仔細想想，這種事還真古怪。

除了工作，我大多隻身旅行。其實也刻意避開找人同行。因為年輕時跟交情好的女性朋友或男友旅行，過程中總是難免鬧得很僵。不只兩個人，就連三、四個人的團體旅遊，我也是會盡量避免。人數一多，雖然很少會鬧得氣氛變糟，但不知道為何，似乎每次都得靠我做決定。「要吃什麼？」「要去哪裡？」「要選哪一個？」大家都會問我。看來在別人心目中，我要不是極度任性，就是很有主見。但實際上我經常沒意見，什麼都好，尤其有其他人幫我決定就更好了。只是要是我不做決定，大夥兒就會開始討論，這個也好，那個也不錯，一團和氣聊到天長地久，遲遲無法決定。這時急性子的我就會不耐煩。就連這樣一點點的步調差異，都會讓我難受。一個人最能輕鬆旅行。

這種人竟然要跟剛認識的人一起旅行。似乎一整天，時時刻刻都會感受到大小壓力。實際上完全沒這回事。無論是跟朋友出遊時的驚險緊繃，或一大群人旅行時的焦躁不耐，都不會出現。跟陌生人旅遊不但從未讓我有壓力，每次都還出乎意料地好玩。

或許因為不像朋友或戀人之間的距離那麼近，更重要的原因是還有「工作」這個共同目的。另外，這些人也很習慣跟陌生人旅行。

就算是初次碰面的人，只要一起出遊，我就會有種特別的親切感。那是一種只能透過旅行才會有的親切感。雖然不會因為一次旅行讓彼此變得非常親近，也不會交心深談，我們之間依舊陌生。然而，當下次再碰面，一股跟老友重逢的懷念與喜悅，忍不住油然而生。

無論是兩天一夜，還是一個月，是到鄰近的地方或出國，旅行總會讓人返老還童。當然，我們都是身經百戰的大人，言行舉止也很成熟。排定行程，仔細調查過當地的美食，親自探訪。一舉一動雖然是個百分之百的大人，但靈魂裡有一部分成了孩子。沒來由地興奮、充滿好奇心、突然想睡覺、情緒不穩，或是肚子餓就容易鬧脾氣。

跟好朋友或戀人出遊時，我們會毫不掩飾表現出這些孩子氣的一面，開心時情緒嗨到誇張，但面對沒有誰對誰錯的事情又立刻把氣氛弄僵。孩子有時會誠實得殘酷，對於合不合適、喜不喜歡，會很清楚表達。而合不合適，喜不喜歡，就是無法以自我意識控制的好惡、個性上的優劣。大人在跟其他人相處時，會克制這些情緒，有時藉由溝通力，甚至連自己也沒發現這些與生俱來的好惡。不習慣這些的朋友或戀人，旅程中經常一不小心，就顯露出跟自己不合的地方，而平常根本沒發現。

習慣跟陌生人一同出遊的人，很善於因應「孩子氣的這一面」。不會太過任性，也不會太興奮。就算看到其他成員孩子氣的一面，也會包容。然而，不免還是會出現一股只有在旅程中才會有的親切感，或許是因為彼此都不小心露出了一點孩子氣的一面，才拉近了距離。

最近我又有其他發現。因公到九州採訪，同行的不是初次見面的陌生人，而是認識很久的兩位編輯。雖然有多年交情，也僅止於工作，對他們的私生活一概不了解。我還是將這趟旅行歸類在跟不熟的人一起出遊。

大家依照行程工作，就在步行前往某個地點時，連我在內的三個人突然變得好像小學生。這指的當然不是言行舉止。只是遇上秋老虎，因為天熱想吃冰；昨天吃的哪個食物好好吃，昨天搭的那輛計程車，司機長得一副就是九州男兒模樣。不過，所謂的九州男兒到底是形容什麼樣的人呢？就像這樣，有一搭沒一搭聊著而已，但腦中浮現的事情不加思考脫口而出，沒什麼特別深意，純粹憑著直覺交談，令人忍不住想起童年時幾個朋友在放學回家路上的情景。

這麼一想，就開始覺得一行人真的像是以兒童的面貌來面對這趟旅行。明明是小學生竟然包下整輛計程車，還大口喝著當地才有的燒酎。一想到這裡，覺得真是好笑得不得了。

旅程劃下句點，我們又恢復成大人，彼此還會傳簡訊，「這趟旅行多謝關照。」不過，我仍然照例對這兩位有了光是多年共事所沒有的親切感。我在心裡暗道，嘿嘿，我已經知道你們像小學生的模樣嘍！

第二章

「旅程中，有人成熟得像家長，有人孩子氣如孩童。無關年紀與關係，而是個性。」

曖昧模糊的櫻花

我在關東土生土長，一直深信櫻花是在三月底到四月開花，絕不可能在二月或五月時綻放。這輩子我就看過那麼一次五月櫻花，是長野的櫻花。

跟我一樣只熟悉關東地區的母親，曾有一段時間搬到長野。是我成年離家後的事。當她跟我說，長野那邊的櫻花五月會開，要我過去賞花時，我嚇了一大跳。往北走，櫻花比較晚開花。雖然具備這樣的知識，但真的聽到還是很驚訝。想想已是十多年前的事，後來我利用黃金週假期，到母親的新家住幾天。

那幾天，我跟母親在長野到處觀光。我們去看櫻花，坐船順流而下，走訪著名的寺院。櫻花是高遠櫻，河是天龍川，寺院則是善光寺。

……然而，我直到後來才知曉，這段記憶其實曖昧不清。

三年前，因為工作緣故到了高遠。在路上我心想，對了，以前曾來這裡賞過櫻花。但抵達後我好錯愕。從頭走到尾，我竟然什麼都想不起來，甚至覺得這些都是初次見到的景象。我忍不住懷疑，當時我們是在其他地方賞的櫻花，而現在根本是我第一次來到高遠？

母親不喜歡拍照，那次旅行大概只拍了三張照片。站在櫻花樹下的母親，站在櫻花樹下的我，以及一排老舊瓦片屋頂的房子（沒有人物）。從高遠回來後，我翻出老相簿看了看，完全看不出來那盛開櫻花的地方是哪裡，跟我家附近一處賞櫻名勝看來簡直沒兩樣。瓦片屋頂老房子倒不是家附近看得到的景象，但依舊分辨不出是哪裡。

隔一年。我跟先生到長野泡溫泉，順路繞到善光寺。我一路上想著當年的善光寺，卻覺得從參拜道開始就不太對勁。抵達後仍然毫無印象。這回又是首次見到的景象，像是初次踏進寺院的腹地。

天龍川則還沒有機會再次造訪，無從得知記憶是否正確。

我們母女倆賞的櫻花、參拜的寺院，到底在哪裡？就算想問母親，她也已經在七年前過世。哎呀，就算她還在世，恐怕忘性比我更誇張。

由於我想破頭也想不起來，乾脆放棄。算了。我跟母親看到的五月櫻是在長野的某處，不是高遠吧。我們參拜的寺院是長野的某間寺院，不是善光寺吧。這樣想就好了。

連十幾年前的事情都這樣，更早以前的記憶會變得更模糊、更混亂，然後逐漸消失。不過，仔細想想，變得曖昧或是逐漸消散的，是具體的場所、地點或日期，但是對於當時的空氣、陽光，或是夜空，跟身邊的人交換的隻字片語，記憶卻莫名清晰。既然這樣，地點在哪裡其實並不重要。只要清楚記得曾經跟那個人在一起就好。

這樣想起來，記憶不同於記錄，感覺是由每個人各自擁有。即使到了同一個地方，看著同一片景致，我跟遊伴留下的記憶一定各不相同。

在我們走訪那個我以為是善光寺的寺院時，腦中最深刻的記憶就是「Oyaki」（おやき），那是用蕎麥粉做的烤餡餅。當時寺院旁邊的小店、攤子，還有販賣護身札、平安符的地方，全都休息了，只有一間賣「Oyaki」的小店開著。母女倆之前從來沒吃過，於是買了坐在長椅，望著沒半個人的寺院吃了起來，兩人還互道了一聲「哦」。怎麼說呢，面對初次品嘗的蕎麥餡餅，那個味道似乎只能說「哦」。

搞不好我們去的時候根本連黃金週假期都不是，但因為有了那個餡餅，讓我知道身在寺院的記憶確實無誤。那股令我倆感到「哦」的味道，比拍下的照片還記憶鮮明。

可能只因為我是個貪吃鬼，對於食物的記憶會比其他記憶來得更清晰而深刻吧。

第一次隻身旅行

旅行，這個字眼對我來說就是單數形。我雖然喜歡兩個人、多數人的旅行勝於隻身出遠門，但這樣的旅行屬於非日常。至於一個人出遊，不管喜歡不喜歡，總之對我來說比較接近日常。

凡事都有「第一次」。我第一次隻身旅行的記憶雖然模糊，仍勉強記得。

對我來說，初次隻身旅行就跟初次被叫去跑腿的小孩子差不多。十八歲之前，我從未搬過家，而且除了學校的教學旅行，沒出過關東地區，看不懂地圖也不會看列車時刻表（雖然現在也很遜，但當年更誇張）。

還記得是在五月。雖然不是患了令人懶洋洋又憂鬱的「五月病」，但剛進入自己想念的大學，卻開始思索這樣真的好嗎。原本以為，一旦成了大學生，每天就會變得很充實，結果完全沒這回事；整天遊手好閒，無所事事，也不認為自己有什麼變化。這時，我想改變，無論是度過的每一天，或自己本身都好。於是，我計畫一個人旅行。

可是，我不知道該去哪裡。跑太遠有點恐怖，畢竟我連餐廳都不敢自己去，真的能一個人住旅館嗎？

於是，緊張中我選了千葉的茂原。我沒有那股膽識，一下子豁出去挑個沖繩、印度或紐約。茂原距離東京約一小時，光這樣對我來說都是一大冒險。至於為什麼挑這裡？因為我曾到附近的海邊玩過，現在回想起來真是莫名其妙。

走在陌生的地方，我意外發現一個人旅行有多無聊。經過河邊一排老舊的民宅，邊走邊想著，哇！好美！卻沒有能分享的對象。走進賣土產的小店，該買什麼也沒人可以討論。雖然順利訂好旅館，一進房發現沒有聊天的對象。旅館裡的人看到年輕女孩隻身旅行，都露出驚訝的表情，我也只能自己在心裡大笑。吃著菜色豐富的晚餐，沒人聽我發表感想。洗過澡之後，再也沒事可做。無奈之下只好讀起書。好慘。明明是第一次的隻身旅行，卻覺得什麼都沒有不同。要讀書的話在家讀不就得了？

我突然把書闔上，拉開紙門看向窗外，除了路燈再也沒有其他光線，一片漆黑。附近無人，靜悄悄。看著那條黯黑的小路，我才想到，自己隻身在好遠好遠的地方。沒有緣由，沒有淵源，不為任何目的。就單單我一個人。一個人，在這裡。或許這是我第一次體會到旅行的感覺。隔天，無論我看到的街景，五月清新的綠意，都變得好燦爛，好美麗，前一天的乏味感煙消雲散。

回想起來，沒任何必要卻出門到某處，這就是隻身旅行的精髓吧。經過好長一段歲月，我才懂得，那天夜裡感受到的寧靜孤獨，正是隻身旅行的醍醐味。

遠野之旅

去年（二〇一〇年）是《遠野物語》發表百週年紀念。柳田國男（譯註：一八七五－一九六二。日本民俗學家、妖怪學者，是日本從事民俗學田野調查的第一人。）整理出《遠野物語》，在一九一〇年出版。聽到遠野出身的朋友敘述許多深奧傳說，受到吸引，於是自己也到遠野走一趟。

恰巧去年有個機會，我依照《遠野物語拾遺》到遠野一遊。令我驚訝的是，書上的地名跟神社至今仍在。在據說狐狸出沒的多賀神社，抬頭看著蒼翠茂密森林裡，延伸而上的石階，感覺好像真的會發生書中的狀況。河童淵成了觀光名勝，還垂掛著為了釣河童的小黃瓜。還有據說會看見座敷童子（譯註：座敷童子，是岩手縣一帶傳說中於住宅或倉庫中出現的小精靈。生性愛作弄人，但有座敷童子的家庭會特別富裕）的旅館，到現在仍相當受歡迎。百年之前與當今，就這樣自然而然連接起來。

最令人震撼的是卯子酉神社。這是求姻緣的神社，據說可以在神社裡的紅布條上寫下願望，再單用左手（非慣用手）綁起布條，願望就能實現。於是神社裡在樹枝上拉起的繩索，密密麻麻掛滿紅布條，呈現一幅不尋常的景象。想當然耳，每一條寫的都是「希望能跟某某人締結良緣」、「期待能和某某人結婚」，類似這種戀愛方面的願望。

我在遠野旅行時的感想是，多數的民間故事、傳說，其實都是人想出來的。例如，有種說法是座敷童子可能是夭折或遭墮胎的嬰孩靈魂。另外，或許為了供奉這些孩子，才會在房間角落放零食或玩具，這也跟「祭座敷童」的習俗不謀而合。

失去愛兒那種無法言喻的錐心之痛，即使如此還是不得不拚命活下去的悲哀，這種情緒隱藏在許多民間傳說中，流傳至今。當然，也不全是悲傷的故事。美麗女孩與駿馬之間淒美的愛情故事、在尋找愛人的途中變成鳥的女孩，這些都描寫了為人著想的堅強；至於突然銷聲匿跡的女孩，以及太太變成兩個人的故事，則帶有某種警世意味。

就像那些令人不解的故事，背後一定跟人們的生活息息相關。百年前的貧困不會延續到今日，然而，人心以及態度，經過百年仍然沒變，這一點讓我在驚訝中深刻體會。

在這趟旅程中，我遇到的每一個人，開口第一句話就是：「你竟然跑來這麼冷的地方！」

大家都笑著熱情接待我。雖然是冬季的旅行，但現在回想，一定是在旅程中遇到的這些人吧。所以留在我腦海中的，只有暖暖的陽光、高山柔和的稜線、遼闊的天空，以及道路前方似乎通往百年前的奇妙感覺，如此而已。

旅行馬拉松

我大約四年前開始慢跑。但我本來運動神經就不發達，當然也不喜歡跑步。是幾個朋友先養成習慣，每次跑完就一起去喝幾杯。我聽了之後，因為想跟著一起喝酒才開始跑步。雖然跑步對我來說是件苦差事，但跑完後大夥兒小酌幾杯確實好暢快。

開始跑一陣子，我愈來愈想參加正式大賽。在東京近郊能一天來回的大賽也無妨，但既然有這股幹勁，我想嘗試跟旅行結合。其他人給了很多建議，討論到最後，我決定參加在山形舉辦的市民馬拉松大賽。我報名的不是全馬、也不是半馬，是十公里的組別，但對我來說這是初次參加正式大賽，也是我的第一個十公里。

在新幹線的櫻桃東根站一下車，就看到車站外的櫻桃樹，上面還結了櫻桃。但想到隔天的大賽，惶惶不安，根本沒心思欣賞櫻桃樹及櫻桃，沉著臉直接前往當天的住宿地點。明明號稱旅行，結果一想到隔天要參賽，晚上連小酌幾杯都不行。大夥兒約好，隔天跑完後就能痛快大喝，當天早早就寢。

隔天，我們搭乘專用接駁車前往會場。起跑點就在自衛隊駐守地。開始的信號炮聲一響，一排排的參賽者同時起跑。

從駐守地跑到大街上，眼前的景色突然開闊。跑了一會兒，突然好舒暢。清澈的藍天、道路兩旁的綠樹、街上零星的商店與住宅，以及彷彿包圍整座城市的高山稜線。街道兩旁擠滿為我們加油的人。忽然想到，過去我雖曾漫步或從車窗眺望首次造訪的地方，但像這樣跑步還是頭一遭。或許因為有股好奇心，很想知道前方會是什麼景色，跑來竟一點也不累。經過國中、小的前方，一群看似在校學生舉著寫著各個縣名的圖畫紙，像是「神奈川縣選手，加油！」為眾人打氣。有些大概是那個縣的跑者，還會刻意靠近學生，跟他們擊掌致意。另外，路邊還排了一排椅子，十來位老人家鼓掌為跑者加油，這幅景象也好美。

最後我順利跑完。每位參賽者都能免費獲得飯糰跟櫻桃。跑完後嚼起飯糰，美味到令人感動，櫻桃也汁潤香甜。大夥散步去泡溫泉，每個人都一臉神采飛揚，絲毫不見前一天的陰沉。

坦白說，我到現在仍舊不愛跑步。即使不喜歡，還是持續。偶爾我會想起第一次參加的那場馬拉松大賽。想起陌生的城市，還有清新的陽光，以及真實的暢快。每次一想起，就想再到一個陌生地方跑步。

旅行之門

跟家人旅行時從未真正出過遠門。在關東長大的我，小時家人帶我去玩的地方就是近郊的箱根、熱海、伊豆這些地方。沒什麼玩得很開心的印象，記憶中全是我撒嬌央求要買東西，或要賴說再也走不動，要不然就是父親獨自走得好快……淨是這些。我不是個喜歡旅行的小孩，不愛去陌生的地方。對於罕見的食物和交通工具也沒興趣。滿腦子只想著，萬一被家人丟下該怎麼辦。

即使如此，旅行的記憶依舊殘留在內心深處。每次我一搭乘東海道線，就會發現。西向的列車在靠近小田原一帶時，左側就會看到海。如果運氣好，剛好坐到靠左座位，我就會像孩子把額頭靠在窗上，瞪大雙眼望著海。然後，我想起來，這片大海就像是我的旅行之門。如果旅行是所謂的「非日常」，那麼在小田原附近看到的這片海，對我來說就是劃下「日常」與「非日常」的分界線，而這個印象似乎從童年就深深烙印在我心中。

隨著愈接近熱海，大海愈顯得遼闊。雖然我是個大人，不會真的這麼做，但心底一股衝動不斷想高喊：「海啊！是海！」無論看到多少次都會這樣。

旅行，有各種不同類型。有的為期一個月，持續在多個語言不通的國家間移動；也有那種到鄰近地區，過一夜的小旅行。對我來說，熱海就是小旅行。搭上東海道線的快車，從東京出發，約一小時四十分就能抵達，想當天來回也可以。已經去慣了，不會再看到什麼稀奇的景象。跟朋友到熱海泡溫泉，其實在我心裡這根本沒有「旅行感」。話說回來，每當我從東海道線的車窗看到那片大海時，仍實際體會到這樣簡單的移動仍然是「非日常」。我認為，旅行的定義與距離遠近無關，而在於那扇「非日常」的大門是否打開。

仔細想想，小孩子就跟動物一樣，對於自己所屬的領域特別敏感。到了陌生的地方，就會不安。甚至在自己不熟悉的時段，也難免焦躁害怕。明明是白天搭慣的巴士，光是換成深夜搭乘，就會讓我嚇得快哭。這些焦慮不安，正證明我穿過了「非日常之門」吧。小孩子穿過幾扇門，了解到將這樣的「非日常」取了個名字，就叫「旅行」。

走在熱海的街上或海邊，兒時的旅遊記憶，還有小時那個氣呼呼的自己，全都一一浮現，與眼前的景色疊合。然後我發現，不僅空間，在時間上自己也是個能旅行的大人了。

故鄉

我曾跟編輯聊過，作者出生成長的地方，跟東京距離有多遠，會對他寫的小說造成影響。當然，在東京土生土長的作家，也不可能不受影響。無論在哪裡生長，所見所聞，喝的水吃的米，都會潛移默化，透露在其作品中。

至於為什麼會以與東京的距離為標準呢？因為差異真的很大。餐桌上的飲食不同，語言不同，氣候不同，夜生活不同。如果這個人搬到東京，跟原生地在物理上的距離更是不同。而我認為，這些「差異」如果放進小說，將會成為很重要的核心。二十歲前都在橫濱長大的我，尚無法理解這種「差異」真正的意義。我聽其他朋友說，十八歲為了升學來到東京，一看到人擠人的東京車站就好想趕快回家，還有對上下車的順序困惑，而這種感覺至今揮之不去。不過，這樣的事情我雖能想像，卻無法感同身受。

年輕時我曾想，因為我沒有那樣的「差異」，在寫小說時必須要另外找個核心才行。當時我對自己筆下之物沒有信心，總認為若我生長在離東京遠一點的地方，一定能寫出更不同的東西，一廂情願把事情想得很單純。年輕時的我，把所謂的「影響」跟「好壞」混為一談。

隨著年齡增長，我反倒愈來愈想要有「故鄉」。這並不是為了寫小說，而是很想要體會，搭火車望向窗外，眼看故鄉愈來愈近的那種心情。要是沒有所謂的「故鄉」，無論到哪裡都只是「去」，永遠沒有「回」。到長野是旅行，到新潟也是旅行，去到哪裡的心境都一樣遠，一樣毫無淵源。

除了在關東地區生長，對故鄉沒什麼特別深厚的感覺，其實我在將近二十年前也沒有老家了。雙親都過世，已經沒有可以回的家。不過，我想要的並不是「家」這個具體地點，而是概念上更模糊的「故鄉」。包含從火車車窗望出的綠意、河川、田園，跟高山稜線這些地方。

很可惜，搭乘火車時會讓我懷念的並非窗外的景色，而是四個人面對面的座位。或許因為從橫濱站搭乘東海道線的機會很多吧。印象中在我還沒上幼兒園的童年時期，車廂地板還是木質的，但我也可能記錯。

現在如果碰巧搭到還有四人面對面座位的火車，我會先感到一陣雀躍，期待不知道鄰座會遇到什麼樣的乘客，列車一旦發動，那股懷舊會轉變為隱隱的落寞寂寥。不知道這跟歸鄉人的心情是否有些類似？

品嘗思念

我喜歡鐵路便當。其實不只我這麼想，很多人都很喜歡在火車上吃鐵路便當吧。因為賣便當的小攤隨時都擠滿人，而且上車的乘客人人都提著裝有便當的袋子。包括新幹線，只要搭乘長距離的列車，我一定會買鐵路便當。

而且，無論肚子多餓，在火車發動前絕對不吃。環顧四周，發現其他人也有相同想法。大家都把便當放在腿上，靜靜等候。當列車一開，眾人紛紛從塑膠袋拿出便當，窸窸窣窣的聲音此起彼落。接著，車廂裡瀰漫飯菜香。當然，也有人不會馬上吃。不過，很有趣的是，似乎真的沒人會在列車尚未發動前打開便當。

我實在太愛鐵路便當，購買時都讓我難以抉擇，大傷腦筋。因為知道會猶豫不決，於是買票時會挑離發車還有一段時間的車次，到賣便當的攤子上，邊心想為什麼要這麼煩惱呢，邊煩惱該挑哪個便當才好。

在當地才有的食材，當然會想吃呀。至於全國各地都差不多的「幕之內便當」就顯得無趣。我心中最理想的，就是在群馬橫川賣的「峠之釜飯」。釜飯到處都吃得到，不過，來到這裡就會有一股強烈的使命感，覺得非得吃個小砂鍋裡加了銀杏的釜飯便當不可。然後，每次吃完都捨不得丟掉小砂鍋，最後又帶回家。包含那個小砂鍋在內的便當，都是旅程的一部分。

看到高崎的不倒翁便當時，也是立刻被容器吸引。一樣是每到這裡就覺得非買不可。其他還有在大船或小田原要買的竹筴魚押壽司，橫濱站的燒賣便當。

回想起來，這些都是從小就有的經典鐵路便當。現在的鐵路便當千變萬化，有講究命名的，可以加熱的，特定季節的，也有限定數量的。跟一般商品比起來，這種更新鮮，也更吸引人，但我到最後，總是忍不住就選了最經典的那款。

我有個六十幾歲、鎌倉出身的朋友。他動不動就會買竹筴魚押壽司。無論是賞花、當伴手禮、溫泉旅行，當然還有搭火車。每次看到他這樣，就讓我心想，即使再過二十年，無論我看遍多少稀奇的鐵路便當，想必仍舊會對釜飯便當抱持使命感，受到不倒翁便當容器吸引，然後津津有味吃著燒賣便當吧。或許，鐵路便當的魅力之一，就是其中蘊含著思念的味覺。

揮揮手的一群人

看著窗外一群揮手的人，這應該是火車特殊的情景？而且還適用於全球。無論是從曼谷搭上前往馬來西亞國界的火車，或搭上從赫爾辛基到聖彼得堡的火車，就連東京往成田機場的電車，也能看見有人站在平交道前對著車內的人揮手。雖然多半是孩子，但偶爾也會看到大人。

搭巴士倒沒見過。在澳洲搭乘的兩天一夜長途巴士，或是穿過好幾個村子跨越阿特拉斯山脈（Atlas Mountains）的摩洛哥巴士，還有國內長途巴士或附近的巴士，從未看過對我揮手的孩子。搭計程車或小客車時也沒有。

為什麼人只會對著離去的火車揮手呢？是因為速度快嗎？還是即使距離相同，感覺會比巴士走得遠呢？

搭上火車，看著很多人對著車裡的人揮手。稻田中央揮著手的孩子，在砂石小徑的平交道前揮手的母子，坐在庭院躺椅上揮著手的老婦人，列車交會時從對向車窗揮著手的一家人……

在一般狀況下一定會很難為情，不會這麼做，但一回神發現自己也笑著向對方揮手。隔著車窗一瞬間眼神交會，就感覺好像賺到了。

如果只是盯著窗外，那些平淡無奇的風景或許在旅程結束後也立刻忘懷，卻因為有了一群人對著自己揮手，隨即變成難忘的記憶。在旅程中，屢屢經歷這類狀況。

今年我搭了仙后座號，這是從上野到札幌的臥鋪列車。無論是空間小卻豪華的房間，或是餐廳，以及面窗座位的舒適酒吧，全都罕見又新奇，列車一開就令人忍不住在各車廂閒晃。心情平靜後，回到房間，看看窗外，會對於近距離的日常生活驚訝。其實旁邊就有一列擠滿人的火車駛過，接著列車還會在住宅區之間穿梭。其實這些都是理所當然，但由於搭乘臥鋪列車屬於「非日常」，還是令人驚訝。

這列火車在深夜通過青函隧道。我在沉睡後醒來，拉開窗簾，看到外頭跟先前天差地遠的風景，大為震驚。寬廣的天空下，覆蓋著一片白雪的大地沒有盡頭。列車來到苫小牧一帶，鄰近又恢復日常。望向窗外，有穿著制服看似國中生的兩個女孩並肩而行。眼神一交會，女孩便對我笑著揮手。她們的動作再自然不過，我想，這一定是她們從小看慣的情景吧。一次次，她們對著臥鋪列車上的遊客揮手，對方也一定會朝她們揮手。日常與非日常，就在這一瞬的轉換。

在又羞又喜的複雜情緒中，我也舉起手揮了揮。兩個女孩彼此相視而笑，清純又美麗。這般光景我至今仍忘不了。

每次印象深刻的事

制式化應對，無論好壞，似乎已成了現代日本人的性格。世界之大，我認為也找不到幾個像日本人這麼擅長制式化應對的民族。所以每次旅行都讓我意外，驚訝於那些一點都不制式的應對。

雖然已是很久以前，還記得我在斯里蘭卡搭了火車。從康堤（Kandy）到哈頓（Hatton）的火車，擠得水泄不通。從哈頓可以搭巴士到聖地，我也打算去那裡，不過當時正值朝拜旺季，大概所有乘客都要去相同目的地。我實在不習慣這麼擠的車，連站都站不穩，被往左往右擠著，眼看著快跌倒時又被擠到站得筆直，又差點往另一側跌倒。

那個車廂有個用吧台區隔的販賣部。販賣部的人大概看到我這個搖搖晃晃的外國人很可憐，他對我招招手，要我站進吧台。裡頭有個空間可以容身，終於能鬆一口氣後，我買了杯紅茶喝。沒想到，這樣的輕鬆維持不了多久。其他乘客發現我在吧台內，紛紛鼓譟。「外國人就可以這樣嗎？太不公平啦！」雖然語言不通，但周圍的人異口同聲大概是這個意思，販賣部的人一臉難色，我只得趕緊又到吧台外，再次投身於擁擠的人群。

遇到這種狀況，還是讓我很震驚。呃，其實每一絲情緒我都很清楚。那個外國人看起來真可憐，就讓她進來吧台一下吧，這樣的心情我了解；而覺得這麼做很不公平的情緒，我也真的懂得。只不過，由於我平常生活的環境並不會把這些情緒赤裸裸吐露，一旦面對這番情境還是會微愣，同時也覺得有點麻煩。

不以制式化應對，就會出現很多麻煩事。在旅行時會遇到不少令人覺得麻煩的狀況。例如討價還價，本來就是很棘手的非制式應對。所謂的麻煩，換句話說就是情緒上的波動吧。這樣的波動幅度愈大，就愈麻煩。所以當旅程結束，腦中留下的就是那些麻煩事，波動的情緒。

剛才也是，我搭上特急列車時心想，要在車上處理一些急件。但一坐下來，拿出筆記本時才發現忘了帶鉛筆盒。看到販賣推車經過時，我叫住對方，問她有沒有賣筆。她說不好意思，筆賣完了。這下該怎麼辦呢？我這個類比人沒辦法用手機做筆記，又沒帶筆記型電腦，最後想乾脆跟其他乘客借好了。在心裡盤算時，剛才那位女孩走回來，遞給我一支筆。正納悶時，「這是我的筆，借你用。」我向她道謝，說下車時會還她。女孩露出靦腆的笑容轉身離開。是啊，印象深刻的永遠都是這類非制式的應對。

永不消褪的時光

前陣子，我到了修善寺附近的溫泉區。每年相同成員幾乎都會到關東地區一帶同遊，年紀最長的是七十幾歲的前任文壇酒吧老闆娘，然後有六十幾歲的，五十幾歲的各個不同年齡層，四十幾歲的我年紀最小。

最初是前任文壇酒吧老闆娘說要到那個溫泉區，她說四十幾年前經常跟一群作家去玩。最近突然想起那陣子的事，想再去看看。當年他們常住的旅館，據說過去梶井基次郎（譯註：一九〇一－一九三二。小說家，代表作為《檸檬》。）也曾留宿，讓我非常期待前去住宿。不過，打電話訂房時，接電話是當年的老闆娘，表示旅館已在三年前歇業。我們只好改訂附近的其他旅館。

抵達那天，聽說原先那棟旅館雖然歇業，但建築物仍在，大夥兒決定去看看。於是，一行人走在山間小徑。

那棟旅館就蓋在遠處下坡的河邊，道路對向有座小山，參差不齊的階梯往山上延伸。爬上樓梯好像有宅邸，旅館老闆娘就住在那裡。上了樓梯後，先看到梶井基次郎的紀念碑，後方就是那棟旅館。但按了門鈴並沒人在家。

旅館老闆娘不在家，我們一群人在那裡討論該怎麼辦，這時附近有居民過來問怎麼回事。說明情況後，對方說老闆娘一定去下面泡溫泉了。旅館旁邊有一道樓梯通往河邊，那裡有一處公共溫泉。那人很親切要幫我們看看，說完就走下階梯。

等候幾分鐘，一名白髮老婦人跟剛才那個人一起出現。前任文壇酒吧老闆娘一見到老婦人就伸出手，「啊，是你！」兩人握手互道懷念。聽說旅館前老闆娘已高齡九十三。她每天爬階梯回家，泡溫泉，背脊依舊筆挺，仍是位美女。

記得大家經常喝得爛醉還跳舞，連我家老頭子也跟著湊熱鬧。我們這群人都跟神經病一樣，好開心呀。看著兩人交談的模樣，那副我從來沒見過的光景似乎也清楚浮現眼前，連我都覺得身歷其境。

短暫停留後，在回程路上我望著窗外風景，一邊思索，三、四十年後，我是不是也能來一趟旅行，懷念過去的美好時光呢。即使多數事物會隨時間改變，但看著瞬間跨越四十年的兩位女士，讓我相信過去的美好時光，燦爛的日子，依然能毫無變化，重新拾回。

當然，想要這麼做，就非得從現在起打造美好時光與燦爛的每一天。

適應雪地

人會因為生長地區的降雪量，對雪的反應完全不同。我從小生長在幾乎不下雪的關東，無論何時看到雪，都會跟小孩一樣興奮，那種整片銀白世界的雪地，不管看幾次都不膩。每次看了還是會「哇！」地驚呼，看到初落尚未沾上任何痕跡的新雪，總忍不住想上去踏幾個腳印。

我初訪札幌時，在便利商店的停車場看到整個被雪覆蓋的腳踏車。我問身旁札幌本地人朋友，「那台腳踏車要怎麼牽出來？」他說，「要到春天雪融才有辦法。」我聽了驚訝到無言。大概從那次起，我才實際體會到，也有不少人看到雪是不會興奮大喊「哇！」的。日本真的很大。

東京一下大雪，立刻就會交通混亂，隔天出現很多在路上滑倒的人。在雪鄉長大的人，似乎對有人滑倒不可思議。其實也曾有幾次雪鄉子民傳授我該怎麼在結冰路上行走的訣竅，但由於沒什麼複習機會，一下子就忘了。所以過了幾年再降下大雪時，又會滑倒。

有次因工作在冬天到山形。晚上工作告一段落後，山形當地友人送我回飯店，我正準備上床睡覺時，無意間往窗外一看，外頭正飄起雪。我再次穿上大衣，十一點多還跑出飯店。下雨的話就得撐傘，下雪則不需要。夜已深，又沒有地圖，我走在黑漆漆的街上。真的搞不清楚方向，或許是愛好旅行的直覺，甚至是酒鬼的直覺，我估計朝那邊應該會找到有趣的店，走著走著就看到熱鬧的霓虹招牌。一排小酒館的鬧區。在雪花飛舞中，宛如互相輝映的閃亮招牌與燈籠，看來美極了！我趕緊加快腳步，下一瞬間整個人倒栽蔥似直直倒下，屁股著地。但我仍毫不氣餒，直朝著那片燈光走去。

看到鬧區裡的拉麵店，窗戶罩上一層白白霧氣，忽然想起外頭好冷，直接衝進去。已近午夜，裡頭還是擠滿了人。我在吧台坐下，吃著拉麵。從來不知道，在雪中走一段路後吃到的拉麵這麼好吃。吃完後心滿意足，再從原路折返。無聲的雪飄落。吃過拉麵的身體打從骨子裡暖呼呼。結果就在同一處，以相同姿勢又跌了一次，屁股再次著地。不知道是旅行的興奮，或看到雪的興奮，甚至是深夜吃了拉麵的興奮，總之，一點都不覺得痛。

隔天，我跟山形的友人說起這件事，結果對方完全沒感受我吃到拉麵的感動與深夜看到雪的激動，反倒皺起眉，「你的屁股應該瘀青了吧？」說的也是，對方很難體會我的激動吧，我抱著稍微愉快的心情這麼想。

旅程的延續與結束

無論到亞洲或歐洲，出門三天或一個月，旅程的歸途總是先抵達成田機場。整個人還沉浸在餘韻中，沒回過神來，通過入境檢查後走向入境大廳。我向來不搭巴士，而搭電車回家。

開往東京都心的電車上，有結束旅程返家的人，也有正準備踏上旅途的人。雖然有人交談，卻出奇安靜。彷彿夾雜歸人的疲憊，以及旅人的緊張，在其他電車上很少能遇見這股寧靜。

電車一出隧道，我望著窗外的景色。離開機場後，有好一段路四周出現的都是田園景致。延伸到遠方的田地，會隨著季節呈現一片翠綠或褐色，有時田裡灌溉的水會出現倒映的天空藍。群山看來忽近忽遠。無論是冬天萬物乾枯的景色，或是綠意盎然的初夏，每次看到都再次體會，大自然的色彩有多麼柔和，然後實際感受到，已經回到家了！

無論亞洲、歐洲，或其他地方，有的地方有豐富的大自然，有些則否。到鄉下地方旅行的話，就能漫步在幾乎要讓人窒息的濃濃綠意。也曾見過跟印象中熟悉的田園一模一樣的景致。往往我的感想都很簡單，例如，到處是綠意的城市，或是跟水墨畫一般，大致如此。對於色彩，並沒什麼特別想法。

回來後，望著車窗外的景色心想，這個國家的色彩真的好柔和，無論是樹木的綠，依照四季變換的山色，或河川、天空。這時對照起來，在旅程中看到的那些樹木天空大海，散發出的色彩都好強烈。

車窗外的綠意變少，住家與大樓愈來愈多。隨著接近市區，建築物跟招牌變多了，先前那股「啊，回到家了！」的情緒益發高漲。東京都心那種天空狹窄，到處擁擠的風景，我從來不覺得美，但每次都有種回到家的親切感。且不論喜歡與否，總之這讓我有一種身在其中的親切。

先前我才到成田機場接人。在入境大廳接到還散發旅行氣味的人，一起搭上電車。在車上，我聽著對方在旅途中的種種，一邊望著窗外，讓我有些驚訝。原來，這跟我自己結束旅程踏上歸途時所見到的景致完全不同！眼前只有一片乏味又沒什麼看頭的田園景象。原來如此！因為不是結束旅行，就成了單純的日常風景。距離市區愈來愈近。後來我發現，在我眼中，以及結束旅途的歸人眼中，窗外的景致截然不同。

於是我懂得，所謂的旅行，並非在抵達機場時結束，而是在不需要刻意瞪大眼睛環顧周圍景致，當一切都恢復日常的那一刻，才劃下句點。

那晚的兩個年輕人

去年（二〇一一年）三一一震災後，有記者來找我一起到災區採訪。一開始我心想，自己又不是記者，名義上說是「採訪」，但我除了旁觀什麼都不會，便婉拒了。不過，仔細想想，發現自己只是逃避「去看」，於是告訴記者請讓我去吧。四月中，我們前往盛岡。停留期間我們一早從飯店出發，沿著海邊的城鎮走到太陽下山。我們幾乎一整天都沒交談，只是目不轉睛看著那些人們突然失去的生活零星片段。

晚上我們回到盛岡的市區吃飯，這時才漸漸恢復對話。有時會找記者的朋友出來聊聊，那個朋友在同一家報社的地方分社工作。這名年輕記者在該年二月才轉調分社，他告訴我們，採訪時遭逢地震，之後在避難所住了一星期。他留下太太在東京，獨自到外地工作，他還讓我們看太太傳給他的簡訊。聊著聊著，每次大夥兒都不知不覺多喝了幾杯。

有一晚，我們喝到深夜，正準備回飯店時，看到街上有個角落很熱鬧。這裡雖然有一整排小酒館，其中也有幾家賣盛岡炸醬麵（じゃじゃ麺）的店。我們也去吃吧！我邀了記者，兩人進了一間在深夜仍生意興隆的店家。

我們跟一對情侶併桌。因為先前喝了酒，我趁興厚臉皮問這對情侶盛岡炸醬麵的吃法。兩人很親切地說明後，我更毫不客氣問起其他問題。才知道女孩是岩手當地人，男生住在福島，兩個人打算下個月結婚。原本婚後要一起住，但因為震災，短時間內大概很困難，他們說暫時得先過遠距離的婚姻生活。

盛岡炸醬麵是先吃完麵，自行在碗裡打顆生蛋，請店家倒入熱湯，再酌量用胡椒鹽調味後喝。這也是他們倆教我的，就叫「雞蛋湯」。

我喝酒之後，記憶變得模糊。隔天在鉛筆盒裡發現一張沒見過的便條紙，十分納悶。上面寫了日期，還有看似飯店的名稱。過了一會兒，我終於想起來，那是昨天那對情侶的婚禮時間及地點。當時我隨口問了就寫下。

婚禮當天，我訂了附上賀卡的花送去，註明謝謝他們倆那天教我雞蛋湯的步驟。我在心裡暗笑，他們一定會嚇一大跳吧。

大約一週後，我收到兩人寄到出版社的信。新娘曾在圖書館工作，似乎聽過我的名字跟小說；她在信上說道，所以更感到意外，還說非常謝謝我。信中也附上婚禮當天的照片。我讀著信，想起那晚，忍不住哭了。該說謝謝的是我呀！那段期間我看到好多人流離失所，生活崩毀，深深體會到自己的無力，完全不知道該說什麼，只能藉酒澆愁。在這種情況下遇到他倆，即使面對重重問題，仍努力打造未來的生活，讓我頓時感到自己也得救了。我立刻回了封信告訴兩人，我才該向他們道謝。

在炸醬麵店偶然同桌的兩名年輕人，至今我仍保存著他倆那張臉上洋溢幸福的照片。

各種不同的奢華

我以前一直以為，眾所皆知的「青春十八套票」（青春18きっぷ），也就是只要日本全國的JR普通車都能自由上下車，套票有年齡限制，只有青春期的乘客才能使用。當然，實際上沒這回事，無論幾歲都能使用。

不過，我自己真的是在青春期階段知道有這種套票。覺得實在太神奇了。五張一整天不限搭乘次數的車票，只要將近一萬圓。拚一點的話可以跑得非～常遠。只要有鐵道，要去哪裡都可以。我忍不住陶醉，怎麼會有這麼划算的車票呢！

但我有因此善用這個套票嗎？答案是否定的。因為我很不會看時刻表。在我眼中只有密密麻麻的數字，這些數字是怎麼組合，要在哪裡怎麼轉乘，我根本看得霧煞煞。

因此，隻身旅行時，遇到需要頻繁移動時，下場都是很慘。常出現像是沒考慮轉乘時間就隨便跳上一班車，然後得在轉乘車站等上整整半天；要不就是為了買喝的，竟然就錯過一班車。

二十出頭時，有一次我去松本訪友，回程時想都沒想就搭上普通車，打算一路轉車回到東京。車子還沒出長野縣，我就發現抵達東京的時間根本搭不上末班車回家，頓時腦中一片空白。當時我只好折回松本，在朋友家借住一晚。

因此，當年正值青春期的我，無比欣羨那些有效運用「青春十八套票」旅行或返鄉的朋友。

幾年前我因為工作搭乘北斗星號，這是從上野到札幌的臥鋪列車。列車從東京市區出發，漸漸北上，進入東北我心頭一驚，想起當年的「青春十八套票」。想起當年知道用這個套票要去哪裡都行時好驚訝，然後跟此刻搭乘的列車幾乎相同。如果有從九州到北海道都不必轉乘的普通車，當年我也可以踏上旅程呀。腦子裡想著這種無謂的事。

在餐車跟大車廂裡遇到的乘客，多半是一家人或年長夫妻。從東京到北海道，不選飛機，從時間上來看，這樣的休閒真是奢華。搭乘北斗星號的人，應該全是喜愛火車，或是滿心雀躍，期待靠陸路交通前往遠方，而搭上這班列車吧。我自行揣測，正因為這樣，多數乘客都早已過了青春期，到了把時間花在休閒興趣的年齡層。

我在陌生的城市，望著車窗外漆黑的夜，同時心想，當年在青春期時，即使迷路，即使困擾，就算到不了目的地也無妨，應該試試不斷轉乘普通車到遠方才對。因為這是年少輕狂時才能有的奢侈。當然，就算邁入中年，我還是能用這款套票，嗯，不過，我還是選擇臥鋪列車的這種奢華好了。

出遊與壅塞

每年到了黃金週連假或中元節假期，電視新聞都會報導新幹線搭乘率有百分之多少，高速公路壅塞了幾公里。聽到這些報導總讓我焦慮，覺得自己也非去哪裡不可。

畢業後，暑假或黃金週假期都與我無緣。不知道其他人在這些連假都在做什麼。看了電視，發現大家好像都會出遠門。我也想跟上這波出遊潮！但我沒假可放，只好透過螢幕，看著一大群人擠新幹線、在機場大排長龍、四處遊山玩水，在電視機前恨得牙癢癢。

連假期間到處人擠人，出門簡直找罪受，等大家上班你再放假不就得了？好幾個朋友這麼說。但我就是想去人擠人的地方！真想排隊，看著擁擠的電車或馬路一籌莫展，然後不耐煩地跟同行朋友說，怎麼大家想到的休閒娛樂都差不多。

我有幾次在平日休假，到東京郊區玩。因為是淡季，空蕩蕩的完全沒人。

到了沒人的觀光區，一般人多半會很高興吧，「包場吔！」但我一抵達後就不知所措。原因就是我很不擅長旅行。明明是旅行，無論出國或是到東京近郊，我從來不做功課。出過不少烏龍。

像是天氣很冷卻穿太少，或到了當地才發現是祭典旺季，所有旅館都客滿。屢屢失敗卻學不到教訓。就算只是去個溫泉旅行，到了當地該去參觀哪裡，有哪些景點，有哪些名店，我一無所知。

人潮擁擠的話，就算什麼都不知道也無妨。到著名觀光區的話，跟著人走就對了，名店門口會有長長的隊伍。有次我在週末跑到長野縣的小布施，人多到讓我好開心，我跟著人群去看了天花板上有北齋畫作（後來才知道）的寺廟，看到大家人手一支霜淇淋，我也跟著買來吃；排了長長的隊伍吃蕎麥麵，還到人擠人的名產店買了大家都買的辣蘿蔔。要是前面的人直接上了觀光巴士，我大概也會笑嘻嘻地跟著上車吧。

平常如果遇到得排隊才能吃美食的店，我寧願到空一點的店吃味道普通的料理，不過，換成在人擠人的觀光區排隊，我就好滿足，「哦哦！我是出來玩！」我猜，這可能是味覺受到人潮擁擠的影響，東西吃起來會更好吃幾分吧。

每次都想著，今年一定要努力，在多年來沒有黃金週假期及暑假之下，我立定志向，一定要學會旅行的方法。但不知怎麼，就是學不會。我到底是特別認真，還是特別懶的人呢？連我自己也搞不懂。

即使轉淡也不會消失

因為跟人相約，我到了銀座，剛好看到一家山形縣的名產店。由於還沒到約定時間，我忍不住進去逛逛。門口排放著蔬菜、山菜，接著是醃菜、零食的櫃子。

我在醃菜櫃上看到芥末醃茄子，突然想起往事。六年前，因為電視節目的採訪工作，第一次去山形。我想起在那次旅行走訪了一處農家，我請對方讓我幫忙採芥菜籽，之後他們請我在院子裡吃自製的芥末醃茄子。這幾年我竟然完全忘了那次珍貴的體驗。也不對，那趟採訪旅行的種種，完整留在我的記憶，只是平常不會這麼想起。

很有趣的是，接下來，我只要望著櫃子，那趟旅程的回憶就立刻清晰浮現。對啦！我聽說當地有人用山葡萄釀酒，就跑去參觀葡萄園，還當場用日式茶杯喝了葡萄酒。收到的大量葡萄酒伴手禮，則在當天寄宿的出羽三山的宿坊（譯註：寺院提供給參拜者或僧侶的住宿設施），跟大家喝掉了。

另外，在一身山間修行者打扮的嚮導帶領下，我還爬上羽黑山。山上海拔滿高的地方，竟然聳立著一處茶屋，在那裡吃到的年糕怎麼會這麼美味呢！從茶屋眺望，庄內的街道一覽無遺，天空寬闊得驚人，那片景致百看不厭。

接著，來到麵類櫃我又在心裡高喊，「就是這個！」同時把手伸向「冷拉麵」。

那趟採訪旅行是在六月，天氣卻跟盛夏一般酷熱。沒有任何常識的我，自以為東北地區連夏天都很涼爽，沒想到山形的夏季熱得不得了。幾個採訪行程中，利用短暫的休息時間吃午飯。旁邊剛好有一間賣定食的店家，大夥兒便走進去。只見店裡有一桌是穿著工作服的兩個人，還有看似學生的一個人，大家都點定食。菜單上除了每日定食、韭菜炒豬肝這類熟悉的菜色，我發現其中有個陌生的菜名。

「はっこいラーメン」（譯註：ラーメン即為「拉麵」）。我心想，這難道是「はっこいラーメン」，不小心把「つ」寫得小了點嗎？不過，「はつこいラーメン」又是什麼樣的拉麵呢？「はつこい」就是「初戀」，會是酸酸甜甜口味的拉麵嗎？納悶之下我問店員，得到的回答是「ひやっこいラーメン」。「ひやっこい」是冷的意思，也就是冷拉麵。

從來沒吃過這種口味的拉麵，所以我點了這個。看到端上桌的拉麵，跟一般拉麵沒兩樣，搞不懂差別在哪裡。仔細一看，碗裡竟然浮著冰塊！口味清爽，出奇好吃。明明加了冰塊，不知為何湯頭都沒變淡。實在太感動了，竟然會有這麼棒的食物！吃完後走到烈日之下，整個人依舊涼爽。

這款拉麵自己在家裡能做得出來嗎？想買時又猶豫了。我想把感動埋藏在記憶中。

原來旅程之中，那些以為早已忘得一乾二淨的點滴，其實沒有消失，只是藏在心上的角落。

我邊想著，一邊前往約定的地點。

旅行的速度

因為不太容易排出休假，我在國內旅行幾乎都是因為工作。當然每次都很趕，交通工具就靠飛機或新幹線。平常都忘了速度有多快。

忘了什麼時候，有一次我搭上往盛岡的新幹線，碰巧在同一時間，朋友從我即將前往的盛岡搭上往東京的新幹線。我突然覺得好有趣，不知道能不能剛好抓準擦身而過的一瞬間。我們在每一站停靠時互傳訊息確認所在地，大致計算一下，理論上兩輛新幹線列車應該在福島前後會車。

不過，找不到任何標的物。要是有條大河，或是大型工廠，總之有個好認的大目標就好，但瞪大眼往窗外看，沒發現適合的地標。此外，新幹線的車次比想像中來得多，就算有列車交錯而過，也很難察覺究竟是不是這一班車。沒想到比預期來得難，這反倒讓我們更起勁，不斷彼此確認視野內容易辨識的地標。

結果，到最後還是沒認出朋友搭的那班車。我平常從未在意新幹線的行車速度，還以為說不定會車時能看到彼此的長相呢。但即使能鎖定「就是這一班車」，也因為車速太快，不可能辨識乘客的樣子。

我才跟朋友出門來趟小旅行，搭乘從新宿往松本的「梓號（Azusa）」。我望著窗外嚇了一大跳。視野所及，竟然一切都如此清晰！無論是經過車站招牌上的文字、鐵道兩邊陽台晾的衣物、一身運動服踩著腳踏車的學生，或是馬路上的交通號誌……都看得見。

過了八王子，連續穿過幾個隧道，左右車窗終於出現一整片綠意，山，田園，農地，一望無際。等到住宅又三三兩兩增加時，就是接近大月站。一過大月站，類似的田園一塊接一塊，我看著納悶時，朋友告訴我，「那是葡萄園呀。」葡萄園持續延伸，沒多久換成不太高的樹，兩根主枝就像舉起的雙臂，高高朝向天空。「這是桃子樹。」又是朋友告訴我。

話說回來，這幅景象真是遼闊，各方向放眼望去都是地勢平坦的鄉鎮。可以看到細微處，風景更是看不膩。我幾乎整路上瞪大眼望著窗外。偶爾鐵道沿線出現雄偉的寺院或城牆遺址，但更吸引我的，卻是葡萄園間的羊腸小徑、門前放著一把把蔬菜的商店、與鐵道平行的河川，或是大型的購物商場。或許因為寺院、古城哪天還有機會造訪，但田園、河流、住宅區，這些大概不會去吧。我發現，自己之所以盯著窗外不放，大概是面對那些從未走訪的陌生城市，用眼睛旅行吧。

飛機、特快車、普通車、巴士、計程車、步行。選擇不同的交通工具，包括旅行過程，以及旅程中的回憶，都截然不同。即使到相同地方旅行，改變旅行的速度，觀察到的事物勢必不會一樣。

旅行中的親子角色

有個朋友家中有念小學的孩子，正計畫家庭旅行。先開車到處走，再跟親戚的幾個小孩會合，中午到哪裡吃午飯……我看了心想，好辛苦啊。我自己沒有小孩，所以我想起自己小時全家出門旅行的狀況。從未想過父母那麼辛苦。雖然我會討著買東西，或是喊累，耍任性，但回想起來好輕鬆啊。什麼事都不必做，只要搭上電車，到時間吃飯，跟著大人走，就能到特別有看頭的地方，或是到遊樂園。

想著想著，咦，跟現在好像也沒兩樣。

一趟旅程中，有家長的角色，也有小孩的角色。這無關實際年齡或彼此的關係，而是個性。扮演家長的人，無論對交通工具或各地觀光資訊都瞭若指掌。只要說要去哪裡，這類人馬上就能訂好車票、飯店，輕鬆規劃好行程。他們很擅長做這些事。至於小孩角色的人，就沒辦法。不知道哪班火車能抵達目的地，也不知道當地有什麼，不懂得要怎麼選擇住宿地點。因為自己一插手，就會搞砸，於是什麼都不做。一切都交給扮演家長的夥伴。

即使長大成人，我在旅行中的角色一直是小孩。和小時跟著父母到處走沒兩樣。真慶幸我身邊的朋友有不少都是家長性格。從我二十歲離家獨居，直到現在，夏天去海邊，冬天去泡溫泉，爬山，釣魚，到著名的神社佛寺參拜……都是由扮演家長的朋友帶我去。要是沒有他們，我連富士山的正確位置也不太清楚，也不知道外出旅遊在蕎麥麵店從中午開始喝酒竟如此美味。

我搭了東北新幹線的「那須野號（Nasuno）」，周圍坐了五、六名看來是七十歲左右的婦人。我只有一個人，她們之中有兩人就坐在我旁邊。列車一從東京出發，她們就吃起鐵路便當，有說有笑。不知是學生時期的朋友，還是因興趣湊在一起的同好。我邊讀書，邊思索。當列車過了小山站，坐在我隔壁的婦人突然驚呼，「咦，我們要去日光嗎？」對呀，不是早就跟你講過嗎？有這回事嗎？哎唷。其他人放聲大笑。

連目的地都不知道，就忙著打包行李搭上火車，想必有很多人心想，世界上居然有這種人？會這麼想的都是具備家長特質的人。至於那個連要去哪兒都不知道，就跟著朋友出門的婦人，我實在太了解了。不禁感慨，哎呀，我八成也是就這樣秉持著小孩特質邁向老年吧。

那天我要在那須鹽原下車，計畫跟一群朋友會合後去露營。不過，我當然毫不知悉是要到哪裡露營，只顧著把剛買到的露營用具都塞進背包，前往朋友指定的碰面地點。

第一次小旅行

我收到一張明信片，上面是小孩子的筆跡。內容是，我來到〇〇高原，接觸大自然。沒有署名。到底是誰呢？我納悶了幾秒鐘，馬上想到：是我那個念小學四年級的外甥。大概是校外教學旅行，學校出了作業，要他們寫張明信片寄給親友吧。

我看著明信片思索，小孩子都是何時第一次離開家人在外過夜呢？似乎多半第一次會像是幼兒園安排在學校住一晚，這類學校主辦的露營活動。

我念的小學，每年夏天都有個名為「自然教室」的活動。整個年級的學生跟老師，就在位於御殿場的宿舍住三晚。一年級時參加的那次「自然教室」，是我第一次沒跟父母、親戚的「旅行」。到學校集合後搭上巴士，跟前來學校送行的父母道別。接下來的幾天身邊只有老師跟同學，前往陌生的地點。

其實一點也不孤單，也毫無不安，反倒非常興奮。隔年，參加自然教室的第一天我就發高燒，被診斷出是流行性腮腺炎，只得先回家。當時我打從心裡難過，一百個不情願。然而，現在回想起來，反過來說也會有些孩子因為要跟父母分開三天，感到不安或難過吧。

持續酷暑的這個夏天，有很多工作得出差到各地，無論在東京或其他城市，我幾乎每個週末都在新幹線車站。月台上，一家人出遊的身影很醒目。雖然幾乎是全家人一起上車，偶爾還是會見到看似父母或祖父母的人送行，孩子一個人上車。我猜到了目的地月台，會有親戚來接吧。而坐車的過程，就是一個人的旅行。

一小時，或兩小時，雖然只是待在列車上，對孩子來說卻是如同大冒險的旅程。看在旁觀者眼裡，只是乖乖坐在位子上，其實孩子內心五味雜陳吧。有些膽怯，有些興奮，或是覺得自己好棒很有自信，或是擔心能不能順利抵達……種種情緒複雜交錯，很辛苦吧。

從緩緩啟動的列車上，看著窗外送行的大人手揮個不停，我又想了，說不定大人的心情比孩子更糾結。就算知道一定有人會在目的地月台等著接孩子，而且又不需要中途轉乘或是讓孩子獨自走在陌生街道，但在接到孩子平安抵達的通知前，想必一顆心還是七上八下，什麼事都做不了吧。

同樣地，也不會只是擔心。一方面也想到，孩子竟然能自己搭上火車也沒哭，還隔著車窗笑著揮手。原來孩子長大了，可以自己出門了。在感受到孩子成長的同時，難免也會有一絲不捨。忍不住想著，孩子獨自抵達了目的地月台後，接下來更要慢慢長大成人，邁向更遠的未來。

比起孩子的情緒，我的年齡更接近父母的心情吧，沒小孩的我想到這裡，察覺到這一點。

告別之旅

對地理不熟悉，加上又不是能包辦行程的個性，通常一路都靠別人的我，對於一些莫名其妙的旅遊記憶特別多，有些旅程我卻全然不記得出發的理由。

其實也沒有很久，不過就是五年前的冬日；一行人前往山梨縣的增富溫泉，時值二月。

這些成員年齡層分布很廣，從三十幾到七十幾歲，經常一起去溫泉鄉。溫泉旅行雖然常去，但為何選了增富溫泉，我卻怎麼也想不起來。回想同行的成員，並沒有特別熟悉山梨縣的人，那麼是誰提出、又是怎麼決定的，我怎麼也喚不醒記憶。

唯有一事記憶深刻，就是在前一日的報紙看到有個認識的人過世了。成員們也都知道此人，出發當天大家都震驚。在激動情緒逐漸平復後，眾人有感而發。逝者年歲已高，加上並非病逝，而是類似在睡夢中離世，這點讓人稍感安慰。

晚餐後，大家聚集到一個房間，圍坐在暖爐前，邊喝酒邊聊天。窗外突然隱隱閃著亮光，推開窗，原來雪悄悄地落下。旅館門口裝有燈飾，但從房間窗戶的角度看不清楚，於是有人提議去看看吧。但是說歸說，卻沒半個人起身，結果所有人仍繼續待在房裡，喝酒，聊天。

聊起過世的那位友人，不知不覺從傷感的話題轉為笑談。說他年輕時做過什麼事，還為了什麼跟誰吵過架，幾歲初吻，在何處。因為這都是他本人所言，絕對無誤。

說起這些往事，或是笑出聲，當時我絲毫不覺不莊重。比我年長很多，那些七十幾歲的人，已送別數位朋友，他們很了解如何送別朋友。如果可以，我希望屆時一群朋友也能這樣親密，笑著送我。

然而，記憶中無論那天說了多少話，笑得多開心，房裡總是瞬間靜謐。似乎窗外冰冷的積雪吸收了所有聲音。

午夜一過，雪下得愈來愈大，甚至得擔心早上計程車能不能抵達位於山上的旅館。隔天我因工作之故，必須一大早回東京；我不停打開窗戶，看雪積得多深，考慮是不是得步行下山。因此，在我眼底留下的印象，就是從浴室，從房間，望出去的那片閃爍白色雪光的夜晚。

早上，雪停了，計程車順利抵達。吃過早餐後，我獨自先回東京。

想吃鮟鱇鍋，還是想再訪前幾年住過的旅館？總之，這群成員每趟溫泉旅行都會有個目的，唯獨這次增富溫泉我實在想不起來為何成行。正因為如此，差點讓我有個錯覺，我們來到這處深雪寧靜之所，只為了跟那位共同友人道別。

緣分之旅，旅程之緣

為了去看某個樂團的現場表演，我到了地方小鎮，兩天一夜。這種事我年輕時從未做過，不過，這陣子完全沒休息，又覺得這樣似乎挺有趣。目的地是「酒田」，這裡比起山形新幹線，離上越新幹線的新潟站更近一點。

我在午後抵達，但表演是晚上。我跟著人潮走在街上，參觀名勝，也逛了市場，但還有時間。我看著鎮上的觀光地圖，心想在開演前要做什麼時，一座寺院吸引了我的目光。寺院名稱的旁邊寫了「即身佛」（譯註：又稱「肉身佛」。指佛教僧侶死後肉身不腐爛，被完整保留的狀態），好像是座供奉即身佛的寺院。雖然離市區有一段路，但還有很多時間，毫不遲疑就朝寺院出發。

寺裡的人介紹，除了正殿，還有一處即身佛佛堂。當初在正殿門口，也就是寺院庭院中發現了三尊即身佛，目前此處供奉其中兩尊。另外一尊則由湯殿山的注連寺供奉。我一聽到說明忍不住驚呼。七年前，我因為工作緣故到了注連寺，還參拜了即身佛鐵門海上人。當時我看到鐵門海上人深受感動，那趟旅行回來甚至還以即身佛為主題寫了短篇小說。

江戶時代，有一群僧侶為了解救百姓苦痛，不食五穀，而吃樹果，稱為「木食修行」，並活生生自行進入木棺，被埋入地底。經過三年三個月後，將木棺挖出，殘存的肉體即成為即身佛，供奉在寺院中。山形地區有很多供奉即身佛的寺院。

寺裡的人帶我來到即身佛佛堂內，供奉著忠海上人與圓明海上人兩尊即身佛。就跟當初我看到鐵門海上人一樣，大受震撼。即身佛真的好安靜，似乎吸納我發出的任何聲音。不僅聲音，連時間也是。

為什麼每一尊肉身佛都是坐姿？介紹者解釋，因為這樣才能跟參拜的人面對面。我雙手合掌，閉上雙眼。平常我會自然而然在腦中浮現，祈求家人身體健康，或是能寫出好的小說，但此刻太過寧靜，什麼也想不到，彷彿連我的祈願都被吸走。我就在虛無的空洞情緒下，雙手合掌好一會兒。走出佛堂時心情變得很莊嚴。

一想到過去埋在這裡的三尊即身佛，我全都參拜到，就覺得緣分真是奇妙。離開寺院，在回到市區的路上，太陽漸落。住在這裡的人，手拎著購物袋走在商店街，我則前往表演會場。

隔天我直接返家，是一趟匆忙的旅行。話說回來，真是奇妙之旅。市場、河流、即身佛、演奏會，全混在一起留在記憶中。

結束這趟旅程的十天後，我接到通知，那本收錄即身佛短篇的小說集，獲得了某項文學獎。我第一個想到的就是位於酒田的那座即身佛佛堂。這真的是一段不可思議的緣分。忍不住思索，這究竟是緣分牽引的旅程？還是旅程中結下的緣分？

對抗抗老

我去了上高地。這是我初次造訪，不太清楚那是什麼樣的地方。從新宿搭上往松本的ＪＲ，轉乘私鐵，一直搭到終點站，再轉巴士。上高地是指定為特別天然紀念物的山岳公園，為了保護環境，限制私家車進出。這是我後來才知道的。因此，所有人必須從某個指定處搭巴士或區間計程車進入。

在前往上高地的巴士上，我隨意望著窗外，漸漸被景色吸引。巴士行駛在爬坡道上，兩側是高聳的山壁，顏色卻十分驚人。紅、黃、綠、淺綠、橙，以這些為基調，或呈現原色，或多了些濃淡，令人感到活力十足，充滿動感的五顏六色。從行駛在山路上的巴士車窗望出去，看到的只有群山，卻教人目不轉睛。而且，該說漂亮？還是鮮豔？腦中沒有任何適合的字眼，光是雙眼直盯著那幅景象，在心裡不斷「哇！哇！」驚呼，就像觀賞動作片時的反應。

抵達終點，下了巴士，往河童橋走去。正前方高聳的穗高連峰，山頂是一片雪白。一問才知道前夜剛好下過雪，這天是全年第一次出現山頂覆雪。真是幸運！

河流，想像中葉色轉變的林木。藍天的背景，如畫的生動群山。這副細緻勾勒出的光景，光用「美」字形容似乎太敷衍了事。

話說回來，近距離看著雄偉壯觀的群山，情緒也跟著莫名嚴肅起來。似乎在這個無法窺探到全貌的巨大之中，只有一小部分例外，能讓人接觸得到。因此，不知不覺生起一股虔誠心，沒有任何祈願的動機，卻像在對這股巨大的力量強烈祝禱。感覺像是恐懼，又似恍惚。我站在原地凝視著，怎麼看也看不膩。

年輕時我從來不懂，光是漫步在大自然有多舒暢。也不會相信「欣賞山色怎麼都看不膩」這種鬼話。比起山啊，樹的，土產店跟小吃店更讓我雀躍。要是四周沒有半間店家，我立刻就有不安全感。是什麼帶來這種改變？這種狀況有點類似，雖然不清楚原因，但年輕時讀來完全不懂意涵的小說，過了三十五、六歲後重讀一次，開始體會到字裡行間的深度，以及詞藻的美感，打從心底驚喜、感動。我發現，年齡增長是有其意義的。

隔天，我沿著河邊步道，繞到田代池、大正池。清澈池水映著蒼翠的林木、山色，實在美極了。怎麼走也不覺得累，但能停留的時間有限，散步一個多小時就得回去。在依依不捨中，搭上巴士原路折返。昨天車窗外令人看得著迷的景色，今天感覺似乎完全不同，又令我看得出神。我問同行的其他人，這是跟昨天不同的路嗎？對方回答，同一條路呀。光線，天空的顏色，都讓山上的景色天天變化。

如果自己的一雙眼愈來愈能領略這樣的美感，那麼，誰會想要「抗老」呢？反倒開始期待五年後、十年後，隨著年齡增長而出現的樂趣。

拼續不朽足跡的旅程

太宰治三十五歲那一年，到故鄉津輕旅行了約三週。根據小說《津輕》的內容，太宰治細數了多位作家過世的年齡後，就告訴妻子「太苦悶了」，在五月中旬離家踏上旅程。

提到太宰治，立刻令人聯想到位於青森五所川原市金木町的斜陽館，其實他在這個老家只住到上青森中學，也就是十四歲。後來，他進入弘前高校，又到東京就讀東京帝國大學。經過一次次跟老家借錢，又一次次留級，最後甚至被津島家（譯註：太宰治本名是津島修治）斷絕關係，因此，他對出生的故鄉只有很短暫的記憶吧。對三十五歲的太宰治而言，津輕幾乎可算是他初次造訪之地。

在《津輕》裡，太宰抵達青森站後，首先前往位於蟹田的友人住家，我則打算從五所川原的太宰老家——斜陽館，展開這趟旅程。

我曾看過斜陽館的照片，但實際站在這棟建築物的前方，會震撼其巨大。鮮紅屋頂的木造建築，地下樓有十一個房間，地上兩層樓八房，包含庭園在內占地六百八十坪，是棟豪宅。明治四十（一九〇七）年打造的這棟和洋風格合併的住宅，目前已指定為國家重要文化財。如果這裡不是太宰出生的老家，目睹這般寬廣、豪華、雄偉的建築，只會單純感到震撼，看得出神吧。然而，當看到太宰誕生的房間，或是（《津輕》中提到）太宰跟長兄等人吃螃蟹的那個有金箔紙門的房間，總會忍不住想到，這位作家一輩子都為了生在富有的地主之家而苦惱不已。那片豪華氣派的鮮紅色屋頂，讓人看了不禁悲傷。

從斜陽館徒步幾分鐘的距離，來到褓母阿竹經常帶著小太宰來的雲祥寺。太宰小時看著嚇哭的地獄圖，至今仍在正殿。這幅使用金箔，由七幅捲軸構成的圖，鉅細靡遺描繪著人死後七七四十九天的過程，驚心動魄。

金木町有處叫「川倉賽河原地藏尊」的地方，當初是為了安撫亡者之靈，由家屬安置地藏菩薩的地藏堂，堂裡有非常多尊地藏菩薩，堆滿供奉亡者的全新衣物、文具用品、玩具、禦寒用具等。這讓我感到，生與死的界線固然清晰分明，兩者之間卻又如此接近。太宰的書中完全沒提到這處地藏尊，但我無論看到雲祥寺的地獄圖，或是這座地藏堂，都深深感受到太宰是在此處生長的意義。就像彼岸其實就在此岸之鄰。

太宰進入青森中學後，寄宿在青森市的親戚家。這所中學就位於現在的合浦公園旁邊，至今仍留有當初的校門遺跡。太宰念中學時，從合浦公園沿著海邊散步，因為景色太過美麗而嘆氣。清澈的海面就像湖水，平靜無波，寬廣的公園裡松樹、櫻花枝葉繁茂。金木是個綠意盎然的美麗小鎮，這裡也毫不遜色。

青森中學畢業後，進入弘前高校的太宰，搬到另一個住在學校旁的親戚家寄宿。這裡目前是「太宰治學習之家」，開放參觀，保存了太宰曾使用的房間、書桌，牆上還有他的塗鴉。

平成二十一（二〇〇九）年，太宰高校時期的筆記本捐贈給弘前大學，現在在學校也能看到影本。平成二十五（二〇一三）年，另一段學生時期的筆記本則從其他管道捐給日本近代文學館，這個消息因為有報紙報導，或許比較多人有印象。這份筆記裡的塗鴉比上課內容來得更顯眼。捐贈給弘前大學的筆記也一樣，有好多塗鴉。大大小小的塗鴉，畫的全是人臉。「他大概只對人臉有興趣吧。」弘前大學負責管理這些筆記本的長谷川成一老師這麼說，我很有同感猛點頭。另外，他帶點偏執個性也令人印象深刻。筆記本上一次次出現他的本名津島修治，還有寫同人誌用的筆名，辻島眾二。讓我想起來，過去刊載在報紙上的筆記，還一再出現芥川龍之介的名字。

來到這裡，總算像是看到自己認識的太宰治。透過他的作品在腦中描繪出，自我意識過剩、纖細又有些輕浮，虛弱中帶著偏執，稱不上勤奮，對家中地主的身分感到厭惡卻也只能寄生於此。這副作家面貌，就連生在現代的我們也有說不出的共鳴。看到他數不清多少張模仿著芥川姿勢拍下的照片，我心想，津島修治就在這個寄宿地點塑造出太宰治的核心。順帶一提，太宰就在這個寄宿處的房間裡，第一次自殺未遂。

畢業後搬到東京的太宰，如同前面提過的，在三十五歲時重返此地。

他與從中學時就交好的N君，一起從蟹田到三廄旅行。在蟹田，有個N君跟他朋友吃便當的觀瀾山公園。這是個登上後能眺望街區跟河流的小山丘，現在山丘最高處還設有太宰治的文學碑。碑上寫著，「他最喜歡的事，就是取悅他人！」這是井伏鱒二從《正義與微笑》這本書中選出來的一句話，由佐藤春夫揮毫寫成。

太宰跟N君的旅程繼續從外濱到龍飛。這是津輕半島的最北端。「路，在此到了盡頭。」司馬遼太郎寫道，也是太宰筆下「這裡，是本州的終點。」如此描述的小漁村。冬天會突然颳起強風，景色變得有些寂寥，但在初秋的這一天，大海如同湖泊般平靜，一道道彷彿自海上發出的潔淨日照，落在家家戶戶。當時N君跟太宰投宿、飲酒的奧谷旅館，現在也成了觀光諮詢中心，在每年春季到秋季開放。明明跟妻子說「好苦悶」才離家的這趟旅程，結果根本就是走到哪喝到哪！站在重現當年情景的房間前，我突然有種親切感。

《津輕》的高潮就是太宰在小泊村與過去的褓母阿竹重逢。這是在他踏上旅程前就決定要做的事。重逢的兩人不發一語，眺望著運動場，而現在對面就是紀念碑與小說《津輕》的雕像紀念館。九歲時分開的褓母，讓太宰如此思念，可見此人對太宰而言，正是心目中理想的母親。

結束津輕之旅後，太宰隔一年再度回到金木的家。昭和二十（一九四五）年，也就是《津輕》出版約半年後，他在東京的家，以及妻子的娘家都遭受戰火摧殘，於是太宰帶著妻子回到自己出生的老家，在這裡住了一年三個月。這棟偏屋從平成十九（二〇〇七）年起開放展示。在戰事最激烈的這段時期，太宰非常頻繁地發表短篇小說。與戰爭完全無關的是，過去我感受到這位作家的決心與矜持，但或許還加上他到了這個年紀，終於能和老家合得來，多了幾分安全感。而太宰就在回到東京的兩年後，自行結束了一生。

我一直認為，太宰治是個不斷變化的作家，這次的旅程更讓我深深體會。

其他的文學家，大眾絕大多數都在探討他們的作品，但太宰在「為人」方面比他的作品更常受到討論，而對他的嫌惡也並非因為作品，而是針對他這個人。由此可知，這位作家有多麼生動。

追溯著作家的足跡，會發現到處都有那股生動感。這並非因為他曾去過的地方至今都保留，而是這位作家捕捉到的情境、津輕人的氣質、津輕的四季，即使經過這麼多年，還真實描繪了出來。實際面對在津輕任何地方都能看到的岩木山，就會對於太宰的描寫能力之精確，以及用字遣詞的新鮮感大為震撼。此外，他那副走到哪裡只會喝酒的頹廢跟虛弱模樣，嫉妒其他前輩作家而刻意貶抑的毫不虛偽，也是那麼真實，吸引著我們接近。因為在這之中，我們對應到自己的弱點，就會強烈地喜歡或討厭太宰這個人。

津輕的景色，會隨著季節跟天氣呈現完全不同風貌。我造訪的初秋時節，天氣晴朗到甚至有些悶熱，平靜得出奇的日本海，差點讓人誤以為是瀨戶內海。實在是太暢快、太舒服，枝頭上的綠意燦爛耀眼，或許因為這樣，重新閱讀的太宰作品強調的全是幽默、充滿活力、孩子氣的輕浮，以及無憂無慮的自由。他曾不只一次自殺未遂，還歷經藥物中毒、殉情，絕非是個內心宛若無雲晴空的作家。那麼，面對絕望來襲時，他不會設法逃避嗎？於是他喝酒，他書寫，去愛人，渴望被愛，談笑風生，去理解自己出生的地方與真正的自我，用這些方式來逃避。討厭的是，他這副模樣又讓我們不由得更接近他。這段令人能強烈感受到百態人性的距離，才更突顯出這位作家的與眾不同。

第三章

「提到旅行與書，我沒有任何一絲疑慮，只有滿滿的幸福記憶。」

享受旅程的三十冊書

旅行與閱讀，這兩者就跟戀愛差不多，都是很個人，因人而異的事。適合A女的B男，未必跟C女合得來；即使跟眾人讚不絕口的男人交往，也沒人保證感情路就能順遂。因此，我實在沒自信能好好推薦某種旅遊方式或某本書。這裡雖然列出三十冊書，但與其說是推薦大家在旅程中閱讀，倒更像是為我個人的記憶留個紀錄，記下我曾在旅程中讀過這些書，感到很幸福。這份書單不但偏頗，而且毫無脈絡，但包括旅行、閱讀，以及戀愛，不都是這樣嗎？總之，關於戀愛，我不敢肯定，但只要提到旅行與書，我沒有任何一絲疑慮，只有滿滿的幸福記憶。

一、感同身受

金子光晴的《馬來蘭印紀行》（マレー蘭印紀行）、《骷髏杯》（どくろ杯），分別以馬來西亞、上海為背景，金子光晴巧妙描繪出當地氛圍。讀了這些書，好想到金子光晴旅遊當時的馬來西亞及上海走一趟，了解到這個願望無法實現時，頓感失落。當下我領悟到，無論何時，我們的旅程只限於「當下」。然而，此刻的光景和金子光晴眼中的馬來西亞、上海，勢必有一瞬間會緊密疊合。我心想，那一刻就超越了時間。

讓我難忘的是在馬來西亞鄉下停電那次。從住宿的房間窗戶望出去，滿天星斗。在停電的幾分鐘，我跳躍時空到了金子光晴的馬來。

開高健的《光輝的黑夜》（輝ける闇），是描述越戰的紀實報導小說。在書中，開高健說他「想寫下氣味」。這是什麼意思呢？我在前往越南的旅程中閱讀這本書，真切地懂了。作者在小說中精準捕捉到越南的特質。這份精神活在小說裡，不曾失去。因此我們即使在這個時代到越南旅行，也能沉浸在他筆下的那股「氣味」中。

深夜裡，搭上人力三輪車前往火車站時，與《光輝的黑夜》中下令宵禁的越南混淆不清，整個人陷入幸福的錯覺，以為再也回不到原先的地點。

林芙美子的《穿著木屐逛巴黎》（下駄で歩いた巴里），寫的是從中國到巴黎這段經由西伯利亞鐵路的旅程。在這段長途旅行中，車上的旅客語言都不通，卻慢慢打成一片，沒多久就像是一家人相處。字裡行間的生動鮮活，不僅是敘述車窗外的光景，她還將與其他人擦身而過那一瞬間的交會，描寫得好美好美。我想，她一定是背包客的始祖吧，頓時好有親切感。她在巴黎那些隨遇而安的生活點滴也好精采，看到她「希望寫些美好的事物」，讓我打從心底共鳴。

在海明威的《海流中的島嶼》（*Islands in the Stream*）一書，出現了古巴。古巴一些十六世紀的建築物，到處都在重建，或是未重整一直使用到現在，因此小說裡的內容能輕易就跟現況疊合。走在古巴的街道，一邊體會著小說裡在生命光輝中隱含著死亡的預告，感覺古巴的光一下子變得閃耀刺眼。

距離哈瓦那市區三十分鐘左右，一棟海明威的住家現在成了博物館，開放參觀。自市區搭計程車前往時，一路上的街景實在太美了。從兩旁坡道間可以眺望清澈碧海。忍不住在心中驚呼，哦！這是海明威也看過的海！此外，從他經常下榻的「兩個世界酒店」（Hotel Ambos Mundos）沿著「主教大街」（Calle Obispo）到「佛羅蒂塔酒吧」（Bar Floridita）。走在這條路會有種錯覺，以為看到打著赤腳的海明威高大到不像話的背影，準備前往酒吧，喝杯古巴特製調酒「Daiquiri」。

約翰．厄文（John Winslow Irving）在《蓋普眼中的世界》（*The World According to*

Garp）中，鉅細靡遺描寫了維也納這座城市。因此，走在歷史博物館或中央市場（Naschmarkt）時，自然而然就成了蓋普的視點。蓋普說過，維也納是「死亡城市」。現在的維也納充滿活力，建築物也很美，跟「死亡」這樣的形容根本不搭，但若追隨蓋普的目光走在路上，會莫名清晰感受到有股孤獨感，伴隨著自己。

在我看到蓋普說他「最討厭」的劇作家格里爾帕策（Franz Grillparzer）的故居時，感動得差點哭了。事實上，根本沒有觀光客進到格里爾帕策這棟重整開放的故居，而我也只從這本小說裡看過這位劇作家，仍有很強烈的感覺。

讀著杜斯妥也夫斯基的《罪與罰》，一邊走在聖彼得堡街頭，實在有些諷刺，不過，能如此鮮活描寫出這個地方古怪之處的，也只有這本書。我在前往聖彼得堡的旅程中並未讀杜斯妥也夫斯基，但或許正因沒有閱讀他的作品，才會對於此地如此巨大，有著前所未有的宏偉，卻又瀰漫著莫名空洞感的城市感到不可思議。回國一陣子後，我重讀了《罪與罰》，總算稍微能理解那座城市的詭異之處。如果小說的男主角當初生長在陽光普照的義大利小島，相信拉斯柯爾尼科夫也會有截然不同的人生吧。可見地點這個因素，不容小覷。

帶著沙林傑的《麥田捕手》當觀光指南遊紐約，說不定也很有意思。我是在讀過這本書後才到紐約，覺得紐約好無趣。會覺得無聊也不奇怪，畢竟我當時才約二十歲，旅遊經驗貧乏，在當地又沒有熟人。這樣的旅程真應該找霍爾頓帶著我同行才對。我唯一的記憶只有自然歷史博物館的恐龍，但其實我無法判斷，這究竟是書的記憶還是旅行的記憶。

三島由紀夫的《曉寺》（《豐饒之海》第三部）裡的泰國跟印度也很驚人。這本書是我從泰國回來後才讀的，讀書時又感覺到在泰國時的體驗歷歷在目。從硬邦邦且一板一眼的字裡行間浮現的泰國，比我旅行去的那個泰國更加豪華絢爛，因此，我補上的那份體驗也成了豪華絢爛。不是外在裝飾的華美，而是將這個國家的那股俗麗，繪聲繪影描寫出來。能敘述得如此精準生動的書，我一時還想不出有第二本。至於印度，是我還未曾踏上的國度，但書裡的描寫栩栩如生，聖俗之間的強烈拉扯，這樣的內容光是閱讀就身歷其境。可能當我親身走訪印度時，眼前實際看到的情境，自然而然與小說裡打造出的情景不謀而合。

一讀完大竹伸朗的《原住民男子》（カスバの男）後，我立刻買了前往摩洛哥的機票。身為畫家的大竹伸朗，他的文字很直接，訴諸視覺，清楚烙印在我的腦中。為了確定地球上是否真有腦中那些清晰的畫面，於是我到了當地。結果真的看到了，讓我好吃驚。

多虧先讀了這本書，原本那些會令人不耐煩的行為，像是裝薄荷茶的杯子把手上永遠有蒼蠅停著，或是輪廓深的阿拉伯男子不死心地猛拋媚眼，以及震耳欲聾、不停歇的破音阿拉伯民謠……這一切，竟然都變得可愛。

最近讀了之後讓我心生嚮往，真想照著書去旅行的，就是司修的《布倫茲的地中海》（ブロンズの地中海）。這本不可思議的小說，敘述一名男子跟過世的姊姊到現今與戰爭交錯下的法國旅行。如果能跟著他們，在法國來一趟宛如追隨藝術創作家腳步的旅行，看到的景象一定會完全不同吧。巴黎、馬賽、尼斯、佩皮尼昂（Perpignan）……真想搭火車一一到這些地方看看，親身體會過去戰爭奪走的，以及在戰火中留下的。真想看看布倫茲眼裡的地中海。

二、重新回顧

我通常帶著旅行的多半是日本小說。谷崎潤一郎的《陰翳禮讚》，印象中是描述廁所環境昏暗之美的隨筆集（也可能不是），但這種不到四十瓦的迷濛微光，散發出的魅力深深吸引旅途中的我。我認為，這般若有似無的闇黑，是唯有日本小說才擁有的引人之處。正因為人在異鄉，對於淡淡的光與闇，兩者的比例更令我覺得美。

第一個讓我察覺到這股迷濛黑暗之美的作家就是泉鏡花。過去我也讀過他的作品，深受那股異色、詭異的美感吸引，卻沒什麼注意到那抹宛如日暮的昏暗色調。當我在泰國豔陽高照的一處，讀著《高野聖》時，忽明忽暗的意境美得驚人。然後，我再次察覺到這部小說描繪出大自然彷彿散發出氣味的原始感。日本的大自然，必定伴隨著闇黑；而闇黑，連接到另一個世界。

發現川端康成目光之犀利，也是人在異鄉時。這人把女人的軀體、藝術品，都描寫得好美，我卻喜歡這些美麗背後的陰影。像是《湖》中黑市小酒館的汙穢，或是《睡美人》中花錢買年輕女子的老人，皮膚透出的乾癟，類似這些情境。他寫出朦朧的昏暗，寫出輕輕拂過的一道光，無論是黑暗或光亮，他都能用極其簡潔的文字道出，厲害得教我如癡如醉。

志賀直哉短篇的過人之處，我也是在國外察覺到。看似什麼都沒說，但是在讀完最後一段文字後，餘韻會如浪潮般排山倒海而來。我尤其喜歡《清兵衛與瓢簞．直到網走》（清兵衛と瓢箪・網走まで）。〈剃刀〉中詭異的緊張氣氛，〈直到網走〉的乾澀悲傷，以及〈清兵衛與瓢簞〉中帶有溫暖的殘忍。高中時在課堂讀了〈學徒之神〉後，滿腦都是「好想吃壽司」，但沒想到竟是如此刺入內心深處的小說。利刃尖鋒的文字，身在異鄉時讀來更是犀利到教人不舒服。讓我發現，日文本身，早已具備了光與闇的兩面特質。

內田百閒的《薩拉沙泰的唱盤》（サラサーテの盤），也讓我在異國讀來時更害怕。沒有任何恐怖的內容，我卻好怕。並無描寫什麼黑暗的情境，但有股幽幽的陰暗。這種朦朧的昏暗最教人害怕。我在外國的旅館裡重讀內田百閒，突然有種莫名的信心，「現在要是房間裡有鬼也沒什麼好怕的，這本書恐怖多了。」另外，〈南山壽〉（南山寿）也是，明明文字輕描淡寫，為什麼會源源不斷冒出一股令人不舒服的感覺呢？這讓我深深體會到，外國的黑暗，與日本的黑暗，兩者之間有多麼不同。

至於我個人最喜愛的，就是深澤七郎勾勒出的闇黑。深澤七郎的文字乾澀，帶點輕妙，卻又陰沉。濃稠到化不開的陰暗。好比暗處的另一頭，有一道微微的橙色光點。但就算循線找到那點橙光，也未必有親切的老奶奶來迎接，就是這種詭譎的陰暗。而這股陰暗，就像溫酒一樣暖呼呼。讓人覺得舒服的陰暗。我特別喜歡《陸奧的人偶》（みちのくの人形たち）這部短篇集。出遠門，不怎麼講日文，想念起醬油及高湯的味道，思索著好想全身伸直泡在浴缸，這時，邊閱讀深澤七郎，那股過於熟悉的溫濕黏膩的黑暗，讓我好想哭。

此外，就在大概兩年之前，我人在海邊度假區，當時在陽光下的海灘上讀了一整天車谷長吉的《赤目四十八瀑布殉情未遂》（赤目四十八瀧心中未遂）。陽光下，書頁反射得一片雪白。

在從海中上岸時、身上水滴瞬間蒸乾的情境下閱讀這本書，美到極點，使得周圍的景色變得愈來愈無所謂。青空、白沙灘、海灘傘、高空，都敵不過這本小說散發出的暗黑之美。直到現在，我只要一想起那處度假村，腦中就會自動浮現生雞肉與肉串。

三、驚訝再發現

世界上有很多令人不解的事物。就算活在東京也會遇到。不過，出門旅行的話，機率會一下子提高很多。在尼泊爾的波卡拉（**Pokhara**），走在前面的老太太，突然撩起長裙，張開雙腳站著小便！讓我看了簡直嚇破膽。在每每顛覆我的習慣與常識的異國，閱讀這類不時破壞習慣與常識的書，陷入暈頭轉向也挺有意思。

波赫士（**Jorge Luis Borges**）集結古今東西各方奇譚的《奇異故事選集》（*Cuentos breves y extraordinarios*），雖然是我看不太懂的故事，但是古怪、詭異、不可思議，有時令人莫名其妙。只是，在國外讀起這本書，就會心想，「哦，原來也會有這種事啊。對哦，應該有吧！」書中收錄好幾個讀了令人不寒而慄的故事，其實都跟我們生活的世界緊緊相連。

如果要拿日文書來類比，就是夏目漱石的《夢十夜》了。這也同樣是一本莫名其妙的詭異著作，突如其來開始，令人措手不及地結束。跟波赫士不同的是，這本書中有股類似土地的力量，或說土地氣味所擁有的不凡之處而顯得精采。之所以讓我有這種感覺，或許是因為我是在怪事特別多的異鄉閱讀。

換作澀澤龍彥（澁澤龍彥）的《東西不可思議物語》（東西不思議物語），就更好讀，更易懂了。除了前面提到隨地小便的老奶奶，其他像是在蒙古大草原上看到醉倒的年輕人，或是在摩洛哥沒有任何建築物的阿特拉斯山脈，看到男子右手高舉著要賣的西裝走在路上……經歷過這些令人忍不住疑惑的情境，就會覺得騷靈現象或是鬼魂散步或許也不是不可能發生。

保羅．鮑爾斯（Paul Bowles）的《遙遠的森林精靈》（遠い木霊），並不像前面這些作品，都是「古怪的故事」，卻有一種宛如世界扭曲造成的傾斜。或許因為這位作家是個不斷旅行的人，這本書中收錄的小說沒有國籍，帶來一股沒來由、令人雙腳不住發抖的不安。每趟旅程中，我都會覺得人與人是不可能真正彼此了解，倒不是絕望，說起來應該比較像是看開，但讀了這本描繪人際關係錯綜複雜的短篇集，這個想法就更強烈。這位最後在坦吉爾過世的作家，我認為他的小說比起在摩洛哥閱讀，其實在異鄉，也就是在人群更冷漠的大都市更能讀到心坎裡。

經驗如此不同。所以我會讀旅遊紀行，就像與作者對話。尤其在旅程中閱讀，經常會在意外之處獲得啟示。

四、學習

旅行就像戀愛，是屬於極度個人的，聽著別人的旅遊點滴，會非常驚訝，沒想到與自己的經驗如此不同。所以我會讀旅遊紀行，就像與作者對話。尤其在旅程中閱讀，經常會在意外之處獲得啟示。

例如田中小實昌的《田中小實昌紀行集》（田中小実昌紀行集）或《小實先生溫馨巴士之旅》（コミさんほのぼの路線バスの旅），還是《田中小實昌隨筆集2旅》（田中小実昌エッセイ・コレクション〈2〉旅）都好，總之，這個人的旅程都很怪。就只是搭上巴士，坐到終點，然後回家。也有個篇章提到他被誤認為是強盜，害巴士司機很緊張。但他依舊搭巴士。我心想，有這種旅行也不錯。這位大叔只是搭著巴士，卻有無比的自由。話說回來，旅遊本該就是自由自在，但仔細想想，會發現我們的旅遊一點都不自由。曾經我也想過模仿小實先生，但對於「搭上不知道往哪裡的巴士，不要下車」這件事很害怕。小實先生連心中那股恐懼都解放自由了。

跟田中小實昌的旅遊經驗相似的，就是內田百閒。在《阿房列車》裡，這個人展開的列車之旅，目的就是毫無目的。別說觀光，似乎連提出目的都是一大禁忌。只是搭乘火車，然後再折返。就連火車票也無法順利買到。在整趟旅程中說過的話，還不如在東京車站裡講得多。而且永遠都不太開心。要是這麼不高興，待在家裡不就好了嗎？但他還是出門旅行。不禁讓人深思起一些本質上的問題，例如，旅行究竟有什麼意義？然而，仔細想想，我們雖然都出門旅行，但要問這真的是「需要」嗎？答案卻是否定的，只是看似有其目的罷了。本質上也是搭著一趟趟的阿房列車。

武田百合子的《小狗看著星星》（犬が星見た）也是一冊旅遊範本。要說是什麼樣的示範呢？並不是實際的旅遊規劃，而是作者看事情的角度。她的雙眼清澈，就像純真的孩子。一般人容易錯過、忽略的事物，她也會睜大眼睛仔細盯著。然後忠實記述。對她來說，「看」、「觀察」到的，就直接納為己有。每次讀了書，都讓我心想，真希望也能用一雙清澈無比的眼睛來看世界。至於能不能把觀察到的現象一樣忠實以文字呈現，那是另一個問題。

現今，出國旅行對任何人來說似乎不再遙遠，世界變得愈來愈小，我卻心想，澤木耕太郎的《深夜特急》會不會是最後一本正統的紀行文學呢？我個人認為，目前旅遊隨筆雖然到處可見，但紀行文學幾乎絕跡。裡頭敘述的那段香港到英國的旅程實在太經典，不過，關於背包客的旅遊短篇也絲毫不感貧乏，同樣精采。第一人稱對於旅遊的態度，連枝微末節都詳實呈現，這股真誠也讀來特別生動。我真心認為，旅行就該這樣細細體會。我曾想過，這本書激發了多少人成為背包客呢？當然，我自己也是其中之一。

開高健的《地球在杯緣轉動》（地球はグラスのふちを回る），是我很喜愛的旅遊指導書。裡頭有許多精采絕倫的格言。我認為這位作家只要到了異國，就算只停留短短幾天，也非得掌握到該處的本質，否則不善罷甘休。至於怎麼掌握本質呢？觀察當地的女人，逛市場，喝酒，在當地從路邊攤到高級餐廳全部吃過一輪。從某個角度來看，此人的旅遊方式還真不是蓋的，但對這位作家而言，這跟「寫作」的道理也是相通的。

「就帶著少年的心，以及成熟大人的荷包！」每次我外出旅遊，就會告訴自己作家的這句名言。

傑克・凱魯亞克（Jack Kerouac）的《在路上》（*On the Road*），敘述那種嬉皮吊兒郎噹的旅行，在旅程中邊談戀愛邊結束戀情，那種對於打道回府始終舉棋不定，無法結束的感覺，我個人非常喜愛。二十幾歲時，我覺得自己的心理狀態就跟書中人物一模一樣，曾有一陣子瘋狂閱讀。現在重新再讀會怎麼樣呢？會覺得年齡上格格不入嗎？或者突然又想來一趟年輕人的旅行？不過，我早就心知肚明，這樣的旅行一輩子也不可能有幾回。

五、愛戀

最後我要列的是理查．布勞提根（Richard Brautigan）的《東京——蒙大拿快車》（東京モンタナ急行）。早在我沉迷旅遊很久前，就讀過這本書。或許也因為有這本書的記憶，才讓我愛上旅行。我對這本書的感覺，說起來跟戀愛差不多。而且現實中的戀情多半會出現變化，但我對這本書的感情卻從未褪色。

本書是從蒙大拿到東京，一路上停靠各個虛構車站的旅程。以如詩般的散文寫成。篇章有長有短，有看不太懂明確的意思，也有畫面清晰浮現的。每篇總帶著些落寞不捨，卻又惹人愛憐。根據我的想像，這位作家恐怕已經對人們的可笑與醜陋厭煩，然而另一方面，他又深深愛著包括這些缺點在內的人群。

這不是旅行遊記，不是速寫。描繪的是在世界各地人群的生活，有時可能沒什麼意義。哇！真好！看著陌生的景致，身邊是從未交談過的人，過境沒生活過的地方，這的確是非常寂寥。

但我發現，其實我非常渴望這股落寞寂寥。

這位作家筆下的東京，無論何時何地都美得教人哀傷。藉由他的目光，就連早晨的通勤電車、沾著嘔吐物的歌舞伎町馬路，或是瀰漫著油膩臭味的計程車裡，突然都變成可愛得驚人的空間。我是否曾用這樣的角度，來看自己旅遊過的地方呢？

每次重讀這本書，就會打從心底有很深的感觸，今天這一天，對於人生來說，其實就是一趟無法重新再來過的旅程。

一、感同身受

《馬來蘭印紀行》金子光晴　中公文庫

《骷髏杯》金子光晴　中公文庫

《光輝的黑夜》開高健　新潮文庫

《穿著木屐逛巴黎》林芙美子　岩波文庫

《海流中的島嶼》海明威　新潮文庫
《蓋普眼中的世界》約翰．厄文　新潮文庫
《罪與罰》杜斯妥也夫斯基　新潮文庫
《麥田捕手》沙林傑　白水社
《曉寺》三島由紀夫　新潮文庫
《原住民男子》大竹伸朗　集英社文庫
《布倫茲的地中海》司修　集英社

二、重新回顧

《陰翳禮讚》谷崎潤一郎　中公文庫
《高野聖（泉鏡花全集４）》泉鏡花　筑摩文庫

《湖》川端康成　新潮文庫
《睡美人》川端康成　新潮文庫
《清兵衛與瓢簞・直到網走》志賀直哉　新潮文庫
《學徒之神・寓居城之崎》志賀直哉　新潮文庫
《薩拉沙泰的唱盤（內田百閒全集4）》內田百閒　筑摩文庫
《赤目四十八瀑布殉情未遂》車谷長吉　文春文庫
《陸奧的人偶》深澤七郎　中公文庫

三、驚訝再發現

《奇異故事選集》波赫士　晶文社
《文鳥・夢十夜》夏目漱石　新潮文庫

《東西不可思議物語》澀澤龍彥　河出文庫
《遙遠的森林精靈》保羅．鮑爾斯　白水社

四、學習

《田中小實昌紀行集》田中小實昌　JTB Publishing
《小實先生溫馨巴士之旅》田中小實昌　日本交通公社
《田中小實昌隨筆集2　旅》田中小實昌　筑摩文庫
《阿房列車（內田百閒全集1）》內田百閒　筑摩文庫
《小狗看著星星》武田百合子　中公文庫
《深夜特急》澤木耕太郎　新潮文庫
《地球在杯緣轉動》開高健　新潮文庫

《在路上》傑克．凱魯亞克　河出文庫

五、愛戀

《東京——蒙大拿快車》布勞提根　晶文社

女子隻身一人的北斗星之旅

我在國外經常搭臥鋪火車，在日本卻很少搭。在國外搭臥鋪火車，通常是沒有其他交通工具，或是比搭飛機便宜。不過，在日本搭臥鋪火車的意義不同，有種奢華感。似乎目的不是從甲地移動到乙地，而在於過程。我猜也是這個原因，所以跟我不怎麼搭。

我聽說有從上野出發到札幌的臥鋪火車時，嚇了一跳。我去過北海道好幾次，當然都是搭飛機。列車搖搖晃晃渡海，花一晚前往北海道，感覺不是很浪漫嘛！而且價格跟搭飛機差不多。於是我訂了車票，很興奮地等待出發日。

當天，一拿到車票就讓我大為感動。跟新幹線同款車票上，印著「上野——札幌」。好酷！我感慨萬千，真的可以一路坐到札幌。

通勤電車載走了一大群下班的乘客後，藍色車體的北斗星號緩緩滑進月台。今天這班車的乘客，還有幾名鐵道迷，紛紛拿出相機猛按快門。北斗星號，簡直就像大明星般受歡迎。

列車在晚間七點三分出發。包廂比想像中更舒適，見識到如何發揮創意，在小空間裡配置各種需要的功能，令人感動。此外，帶著昭和時期復古感的設計，也很吸引我。

列車出發後不久，就有乘務人員端來一組迎賓飲料，其中有紅酒或威士忌、冰塊及茶。邊啜飲來自北海道的微甜白酒，眺望窗外的景色，電線交錯的東京天空從黃昏的葡萄色逐漸變為深藍色。

搭乘臥鋪列車到札幌，僅僅如此，對我來說就是非日常體驗，感覺像要到遠方旅行。不過，窗外流過的卻是看慣的生活風景。居酒屋的霓虹燈招牌、便利商店與家庭餐廳的燈光、經過一個個熟悉的車站。並列行駛的列車上，是踏上歸途的上班族。就在這非日常與日常之間擦身而過的縫隙，有股說不出的趣味。

晚間八點，我到餐車準備吃晚餐。餐車的隔壁是有沙發的車廂，一家人或團體同遊的乘客就在此打開便當，和樂融融。另一方面，餐車裡則是接待事先訂好日式餐點（懷石料理）或西餐（法國料理）的乘客，端著啤酒杯或葡萄酒杯，靜待料理上桌。窗外幾乎一片漆黑，只有街上的燈光點點流過。

我訂的是西餐。從海鮮蔬菜沙拉的前菜開始，接著是海鮮、肉類料理。坦白說，原本我對餐車料理不抱任何期待，但從前菜、主菜，到最後的甜點，都很用心烹調，非常美味。

過了晚間九點，餐廳直接變身酒吧。九點後這裡就是夜店時段，可以點用搭酒的小點或單點料理。

我無論在國內外，每次出門旅行都深深體會到日本人對酒的喜好。不管到哪個國家，嗜酒的人都會喝上幾杯，但日本人卻有一種打從心底愛酒的感覺。餐車裡也是，所有座位瞬間坐滿人。客服人員來回端著雞尾酒、啤酒，忙得不可開交，車廂內歡笑聲此起彼落。先前感覺裝模作樣的餐車，這下子成了一團和氣的居酒屋，連隻身旅行的我也在這股氣氛下雀躍了起來。

說到過去新幹線上也有餐車，現在的年輕人可能不相信吧。這幾十年來，餐車簡直銷聲匿跡，大概只剩下這類長途火車才勉強留下。話說回來，從人事費用跟空間使用的角度來看，餐車的確很沒效率，這我也能理解。然而，看著變成夜店的餐車，我還是忍不住心想，餐車真棒！在外國搭火車旅行時，如果有餐車，我一定會去。在日本是居酒屋風格的話，到了泰國就是路邊攤情調，在西班牙則成了小酒吧，中國則是餐館，總之，會讓整個火車上的氣氛變得輕鬆悠閒。包含餐點的好壞、乘客之間打破隔閡，還有乘務人員的舉止，這些都讓我認為餐車根本是旅程中的文化。這種文化只為了「不符合效益」的理由就變得愈來愈少，想想真令人難過。

這天晚上讓我更感動的，是每一位工作人員的服務態度。從晚餐到夜店時段，在一旁看著都感受到每個人的忙碌程度，卻沒有人露出不耐煩的樣子，隨時都保持親切有禮的態度招呼乘客。我深深體會到，無論火車內部多豪華，有再新穎的設備，乘客最希望的，最讓人高興的，還是發自內心的溫暖服務。這也是另一項了不起的文化。

十點多，我回到房間。火車在九點五十三分離開郡山，往福島前進。好神奇啊！就在我大快朵頤法式料理，享用葡萄酒的同時，列車已經跨越埼玉、栃木，來到遙遠的福島。我把臉貼在車窗，看著夜色籠罩的街頭。淡淡的闇黑中，跟之前一樣也有便利商店與居酒屋的霓虹燈流過，但或許來到陌生的地方，已經沒有早先那種生活感。車窗內外，都陷入同樣的非日常氣氛。

盤算著在睡覺時列車跨海，早上就到北海道。只是，覺得睡覺好浪費時間，但盯著黑漆漆的窗外一整夜又滿蠢。洗完澡躺在床上心想。沒有對向交會的列車，於是我拉開窗簾睡覺。偶爾醒來望望窗外，眼前晃過的是陌生街道上白白黃黃的燈光。感到難以言喻的無上幸福。

接近清晨時，一睜開眼，包廂裡黑漆漆，窗外不見燈光，比先前安靜很多。我馬上意會到，是在隧道裡！現在一定正通過青函隧道！我心想，此刻正在海底呢，然後就在一陣微微的回聲中又進入夢鄉。

前一晚窗簾整個拉開，我在異常刺眼的光線中醒來。太陽升起，窗外是一片晴朗藍天以及翠綠樹林。並非跨越國界，卻有一種情景完全不同的印象。視野不受建物阻擋，可以直視遠方。我說的遠方，是看似比本州還遠的地方，難道這是我的心理作用？

六點三十五分，抵達函館。真的到了北海道！搭乘火車從本州進入北海道，為何會如此歡愉？我興奮得不得了，真是不可思議。

從函館接著是森、八雲、長萬部，列車一直沿著海邊行駛。就連大海，看起來也比在本州時看到的寬闊好幾倍。海平面延伸到好遠好遠。我像個孩子把額頭貼在車窗上，緊盯倒映藍天的巨大鏡面。七點半，昨晚預訂的早餐咖啡跟報紙送來包廂，我啜飲咖啡，望向窗外，怎麼也看不膩。

九點鐘，來到餐車吃早餐。早餐可以選擇日式或西式，我挑了日式。有鮮果汁、蛋、香腸、沙拉、魚，味噌湯跟白飯，餐後還有咖啡。非常豪華。望著海景及翠綠的林木，一邊享用早餐，多麼優雅。

列車過了東室蘭，我也吃完早餐回到包廂，躺在床上欣賞著風景。在登別站停靠時，跟坐在月台長椅上的老奶奶恰好四目交會，我趕緊起身坐好。或許是因為綠意盎然，天空寬廣，視野非常遼闊，感覺連時間的速度也不一樣。時間緩緩地、悠閒地流過。

盡是綠樹、藍天、碧海的窗外，漸漸出現了住宅，然後是工廠、大樓，上午十一點十五分，列車終於滑進札幌站。跟前面經過的地方比起來，札幌固然是個大都市，但這裡的天空依舊寬闊。下了車，抬頭看到寫著「札幌」二字的告示牌。真的到了！過去搭飛機只要將近兩小時，什麼也不想就抵達的札幌，此刻我卻有一股衝動想高喊「萬歲！」跑的明明是列車又不是我，我卻覺得像是完成不可能的任務，有點厚臉皮地享受這股成就感。

這果然是一趟極盡奢華的旅程。

定居與漂流

一九九〇年，我因為《尋找幸福的遊戲》（幸福な遊戲）這本小說獲得新人獎，從此踏入文壇，但這本小說與其說是講家人互動，重心更放在「家」這個地方。從小生長在橫濱的我，即使念了大學也沒理由離家，依舊住在家裡往返於東京都內的大學，但當時我真是極想搬出這個自小生長的家。大三時，我終於存夠錢，面對哭著反對的母親好說歹說，總算搬到東京都展開獨居生活；幾年後，我跟當時交往的男友同居。於是，我開始疑惑。先前我那麼希望離開家，但現在我又另外成立了一個「家」。究竟為什麼？

當時我思考的「家」，指的不是因血緣、婚姻維繫的關係，而單純是自己跟自己以外的人待在一起的地方。無論是父母、先生、戀人，或是一起分租房子的朋友，只要有自己跟他人，就必須有一些規則。包括彼此以默契、語言，或是下意識所做的決定。

換句話說，二十三歲的我將「有些事即使違反個人意志也必須遵守」之處，就定義為「家」。因為不喜歡，才想要有一個光憑自我意志打造的場所，才會離家。結果在自我意志下打造出的場所又根本不是那麼一回事，真是莫名其妙。當時我沒有一絲想要結婚或生小孩的念頭，但假設我跟那時的男友結婚，生了小孩，那孩子一定也會跟二十歲的我一樣，對這個地方厭煩不已，想要離開吧。為什麼我，不，是我們，會有這樣的行為呢？為什麼每個人對於「家」這個地方，都是先打造，再破壞，然後企圖再打造一個？這個疑問就成了小說的主旨。

非常奇妙的巧合，在我寫了這部小說，成了作家後，幾乎十年間都在為了找房子忙碌。先是跟原本同居的男友分手，搬了家，但總之我的租屋運很差。要不是公寓管理員每天跑來敲門，就是碰到偷窺狂，或是被樓下鄰居投訴我的腳步聲很吵，讓我動不動就得往租屋仲介公司跑。但當年仲介公司不把「小說家」當作一種職業，那個時代經常會看到物件貼張紙，上面寫著「謝絕特種營業．外籍人士」，但其實小說家也包含在內。只不過租間租金十五萬圓左右的公寓，就得提交包括所得稅申報證明影本、銀行存款餘額證明、著作列表、存摺影本，甚至還要父母的財力證明跟老家的土地謄本。

這麼麻煩的搬家手續，大概維持了十年。這段期間我前後搬了七次家。話說回來，十年後泡沫經濟瓦解了一段時間，文字工作者也能輕易租屋了。短的時候三個月就重新找尋住處，讓我覺得沒有一個棲身之所。感覺無論哪裡都不是自己的住處。事實上就算住在裡頭，也從來都甩不掉從裡到外，什麼都是借來的感覺。

剛好那段時間我經常旅行。每次出門大概一個月，沒有事先訂好住宿及行程，背了背包就上路。住宿地點差不多都在千圓上下，稱不上飯店，都是叫「guest house」的民宿。房裡的設備就是床、桌子、浴室跟廁所，當然沒有清理跟換床單這種飯店服務。有時住到沒窗戶又不太乾淨的房間，但偶爾會有非常超值的舒適房間，或有附早餐。停留時間短則一晚，最長不過一星期，然後再往下一個城市，類型差不多的住宿地點。

這樣的旅程中，最讓我感興趣的就是在民宿會看到很多全家同遊的歐美人士。兩夫妻，帶著一個或兩個小孩。多半都是年輕夫妻帶著小嬰兒或幼兒的家庭，但偶爾也會看到帶著念國中小的孩子。

我從沒看過日本人會一家人來住廉價民宿。此外，當我在民宿裡跟來自歐美的一家人擦身而過時，在我眼中也覺得他們很奇怪。畢竟日本人無法理解為什麼大老遠出國玩，還要帶著一家人住這種便宜地方。能想得到的原因有好幾個。但話說回來，民宿在日本原本就不常見。三十年前出國旅行絕大多數都是跟團，旅行團不可能住民宿，這也是一個原因。但我覺得最重要的，就是對移動的概念不同。

歐美，尤其歐洲人，很習慣旅行這類移動。想像一下，在西班牙的一家人似乎能把嬰兒車還是學步器，或者大得不像話的布偶塞入車中，一路輕鬆開到義大利旅行。他們用相同的思考模式，手抱小寶寶，推著嬰兒車，把跟小孩差不多大的布偶塞進背包，就這樣跑到亞洲、大洋洲旅行。旅行是他們日常的延伸。另一方面，島國出身的我們，想到移動就得大費周章。沒辦法視為日常的延伸，輕易移動；旅行被歸類在非日常行為，必須要準備好非日常的旅行用品。我在兩夜橫跨澳洲的巴士，看到一個女孩抱著棉被跟枕頭上車時，清楚明顯感受到這股對移動認知的差異。

當然，對住在民宿的我，以及對年輕的日本背包客來說，這樣的旅行屬於非日常。雖然每日在浴室洗衣服，到市場買便宜的水果，天天出門喝酒。即使是極接近日常的旅行，但旅行畢竟是旅行，沒特別思考，但非日常的感覺依然在我心中。

就這樣，非日常性的廉價住宿處，跟自己在東京的住家，當時對我來說根本沒兩樣。但對此我不覺得不便，也沒有怨嘆。反正我喜歡旅行，對搬家也不以為苦。在旅程中可以免去面對生活，同樣地，即使我在東京，也能免去面對與生活相同重要的某些事物。那些「事物」，我想就是過去在老家時感受到，「有些事情即使違反個人意志也必須遵守」。覺得煩了搬家就好，這個地方不合就移動到下一個地點，沒有任何需要磨合規則的其他人。所以當時我也覺得，自己寫的小說似乎缺少穩重感。書評家（或褒或貶）說這叫「漂流感」。其實漂流的不是小說，而是我。

然而，移動是非日常行為，所以在移動的日子裡抱持漂流感，或許因為我是生長在一個沒有移動文化、習慣的環境吧。前面提到那個抱著棉被搭長途巴士的女孩，如果我的成長背景中，這種文化稀鬆平常，是腳踏實地的日常行為，在心中產生的感覺也會不同。對離鄉背井在異地居住的人來說，也是同樣道理。

現在我懂了，二十幾歲時，我對「家」的定義其實是來自於狹隘、偏限的文化習慣。然而，我能用「家」這個主題寫出幾本小說，也正因為有了這個狹隘、偏限的文化習慣，而讀者之所以能接受（假設如此），也是此刻仍住在日本的人，對我抱持的狹隘且偏限的「家」的定義產生共鳴吧。

對於把移動當作非日常的我們來說，家，是個不會動搖，堅持在一處的定點；就算人移動到其他地方，總有一天得回到這個定點。這個地方如此、絕對堅定，所以我們要是不在這個定點，最後很可能連自我本身都不存在。正因這樣，即使違反意志，即使不如意，我們最後還是得回到這個不得不遵守規則的地方。只為了讓自己得以存在。由此可知，我認為在日本，這個「家」的定義，直接等同了「家人」的定義。

不過，這樣的文化習慣以及「家」的定義，未來可能會慢慢動搖、改變。而我認為其中一項關鍵，就是手機的普及。過去，一個人在哪裡的意義，可能是「家」這個定點，又或者是「公司」這另一個定點，總之代表的是實質存在的意義。比方說，一個人在一個月之內沒出現在這兩個地方，就無從確認此人的存在。

然而，現在只要帶著手機，無論人在哪裡都能證明。不過只是一支小小的手機，帶在身上卻能隨時保持聯絡，無論身在何處。換句話說，不必待在定點也能確認自我的存在。面對他人，或是對自己。

當人人把手機視為蝸牛殼一樣不離身，移動的行為變成日常一部分，相信人際關係與「家」的定義，也會逐漸出現變化。或許，應該說已然改變。

現在聽到年輕人用「棲身之所」這個詞，會讓我覺得跟我們那個時代的意思不太一樣。對我來說，棲身之所就等於住處。是一個可以大聲對自己、對他人說出「自己在這裡」的穩固定點，是根基。但這個時代的人說「沒有棲身之所」時，聽起來像是沒有人了解自己，沒有一個百分之百有安全感的地方，無論到哪裡都不踏實。指的不是沒有住的地方，而是在社會上沒有自己的立足點，無法大聲說出自己存在於此。

「有些事情即使違反個人意志也必須遵守」，這樣的地方對我來說就是「家」。從另一個角度來看，社會上到處都是一堆規定，但我覺得自己可以選擇要進入哪一個社會；至於家，你沒得選，逃不掉。就算離開，最後還是得回到家。不過，現在「有些事情即使違反個人意志也必須遵守」的，似乎成了社會。就像過去的我不停搬家，近來的年輕人是不是也在一直尋找自己能適應的社會呢？

家，究竟是什麼？二十年前我開始思考這個問題，我想接下來我也會在寫作時不斷思考吧。思考著住處與棲身之所有什麼差異，而他人與自己的關係又會因為這些差異出現什麼樣的變化。

鄰近小旅行

我很喜歡跟朋友去喝兩杯，但始終沒辦法獨自飲酒。看到能獨飲的朋友非常羨慕，但一直覺得，隻身上居酒屋、酒吧這類地方，對我來說門檻真的太高。

有次我突然想到，出門旅行時我不都輕鬆自在地去喝酒嗎！

只要不是因為工作，我通常是隻身旅行，只得一個人吃飯，飯後想喝兩杯也是一個人。旅程中的移動、住宿、遊覽，這些狀況一個人我都沒問題，但吃飯，還有之後的小酌，每次都讓我有些孤單。如果遇到語言能通，而且看起來不會太麻煩的其他旅客，偶爾我也會邀對方一起吃飯或喝酒。不過，這種人畢竟可遇不可求，大多時候還是一個人。雖然覺得孤單，但喝著喝著就忘了，心情也愉快起來。我是個超級膽小鬼，出門旅行總是很緊張，但喝了酒就能放鬆。在深夜的陌生街頭也不害怕，還能哼著歌回到飯店。

對啊！就當作外出旅行好了。

先生不在家，又懶得煮飯時，臨時起意抓了皮夾跟書本塞進包包就出門。日已西下，走在熟悉的街上。想著自己正在旅行，沒想到，熟悉的街景竟然變得新鮮，真不可思議。便利商店、藥局、自動販賣機、三三兩兩分布的酒吧、居酒屋、小館子、餐廳。身為旅客，該選哪裡呢？這麼一想，自然而然想避開熟悉的店家。為了提高旅行感，找個不認識的店比較好，但還是想吃點好吃的。

旅行時，我都靠直覺挑店家。一個人旅行的資歷很長，這類感覺磨練得很精準。覺得「這家店應該不錯」而走進去，多半都不會失望。我喚醒這股在日常沉睡的直覺，來決定挑哪家店。

有一間剛開幕不久的酒吧，還供應西班牙菜。我走進去，店員領著我到單人座位。店裡有八人團體、幾對情侶，還有看來像同事的年長者與年輕人。我點了葡萄酒搭配小菜。跟在國外不同的是，能清楚聽到其他顧客的談話。年長者正在說教。大桌上的八個人聊著這家餐廳很好吃。嗯嗯，這樣啊，我邊聽邊讀書。

我的直覺果然命中，非常好吃。趁還沒喝醉趕緊結帳離開。在每天來往的街道抬頭看看夜空中的月亮，似乎有那麼一點不同。

旅行的出入口

每次到機場都會覺得，這真是個特別的地方。

我不太喜歡機場。包括檢查隨身行李時得把筆電從包裡拿出，還有沒想太多一直拿在手上的寶特瓶會被沒收，這些都讓我不開心。要通過詭異的設備也有種說不出的彆扭。另外，出境時大排長龍，則讓人厭煩。

雖然如此，這裡仍然是個特別的場域。我覺得在機場咖啡廳喝到的啤酒，跟在街上喝到的味道完全不同，就連販賣部的烏龍麵跟咖哩飯，吃起來似乎也是未知的神秘口味。大概心情已經踏上旅程了吧。

證據就是返國時機場會變得完全不同。歷經飛行疲累的旅客，爭先恐後下機，像百米賽跑似朝向入境檢查的櫃檯飛奔。讓海關人員蓋了章，等著領行李，然後往巴士站或電車站，直接踏上各自的歸途。不小心走錯樓層，也不會東張西望到處亂晃，也不再覺得機場咖啡廳裡賣的啤酒好喝。可以的話，最好能早一刻回家，在家裡，或附近熟悉的餐廳慢慢喝杯啤酒。回程時的機場已經不是「旅程」的一部分，說起來，應該包含在擁擠的電車，以及轉乘的月台、車站大廳，都屬於日常生活。

國外的機場也很特別。或許因為沒有直接連上回家的路，回程時那股特別感依舊。機場因國家不同有極大差異，有些機場提供按摩服務，有些隨處設有禱告室，也有的機場只有一間免稅店，架上商品全積了厚厚一層灰。就像這樣，還能讓人體會到仍在旅程中。機場的個性也會類似所在城市的個性。

無論在日本或他國，我印象中總覺得機場跟城市是分開的。這指的不是與市區的距離，而是當從市區搭上往機場的巴士，窗外看到的景色是街道的日常，然而一旦抵達機場，不管是餐廳、市場、教堂、便利商店、民宅，似乎全都消失無蹤。只剩下一座機場獨立存在。機場中，只有有事去機場的人才會在那裡，仔細想想，這一點也很奇妙。

對我來說，比起一處尋常地點，機場或許更像是特別的「出入口」。

謝謝，再見

下次想去哪裡旅行？經常有人這麼問我，每次我都無法回答。因為接著會出現「為什麼想去哪裡？」這個問題。

其實只要是沒去過的地方，我都想去看看。瓜地馬拉、克羅埃西亞、菲律賓、羅馬尼亞，還有冰島，我都想去。基本上會從這幾處，搭配「下個月可以休假，要去哪裡呢？」的現實條件決定。但決定的關鍵是什麼？老實說我自己也不太清楚。

我不太熟悉史地，也沒有文化素養，不知道哪裡有什麼特色。雖然偶爾會有因為想去美術館才到義大利佛羅倫斯，但這是極少數。絕大多數是決定好地點後，才去買旅遊書，了解當地有哪些特色。因此，名勝古蹟並不是我要去某地的關鍵。

食物固然很重要，但我也從未想過為了吃河粉衝到越南，或是想吃捲餅而飛一趟墨西哥。況且，東京這座神奇的城市，幾乎可以吃到世界各國的料理。

那麼，究竟為什麼呢？我想了想，發現答案可能意外簡單，就是照片吧。在隨手拿起的雜誌或書上看到照片，乍看之下覺得好漂亮啊。這是哪裡？哦哦哦，原來大溪地是這麼漂亮的地方啊。之後雜誌的內容跟照片被我忘得一乾二淨，只留下「大溪地好漂亮」的印象。然後某天突然想到，「我想去大溪地！」遇到朋友聊起來，我下次要去大溪地，當對方問「為什麼想去那裡？」我卻想不起來。究竟為什麼……

我會想到這件事，正是因為在整理工作室的書架時，發現一本叫《旅》的雜誌，刊登了克羅埃西亞特輯。特輯的主題規劃跟文章都很棒，但最吸引人的就是照片。這麼說來，我想去的幾個選項中有克羅埃西亞，會不會就是因為看過這本雜誌？所以我才會特別把這本雜誌留下來吧。想到這裡，自己都忍不住笑了。旅行的理由，說起來一定都是這樣，極其單純。

《旅》這本雜誌，一次次介紹我這麼有魅力的旅行地點。這一期，就要劃下休止符了。多年來謝謝你。再見了。總有一天我會造訪克羅埃西亞。

一般的旅行

我沒什麼機會跟其他人比較，多半不知道自己算不算一般。我直到常上健身房，才知道成年女性平常就多半會穿成套的內衣褲。由於一般來說不會跟女性朋友展現彼此的內衣褲，所以不會知道這種事。不過，也有一些事情永遠都不會知道。比方說，我的工作時間固定為週間的早上九點到下午五點（我知道這好像不太一般），其實在這段時間，我的注意力經常不能集中。上上網，吃塊巧克力，沒來由站在書櫃前，回過神來已是中午，真討厭自己這樣。然而，這種注意力不集中的狀況，算不算一般呢？我想，可能沒什麼機會跟其他人比較吧，大概永遠不會知道。

想像中看似好懂，其實不然的，就是旅行。我從年輕時就經常一個人出遊。跟男友結伴長期旅行，多半會吵架或把氣氛鬧得很僵。之所以會吵架或把氣氛弄僵，多半是因為旅程中對於「一般」的感覺不太一樣；當年我還沒察覺到這點，只覺得自己認定的「一般」絕對沒錯。

我經常寫旅遊的主題，旅遊相關的採訪也很多。有機會跟很多人聊過，漸漸地，我開始發現自己的旅行似乎哪裡不太一般。而且因為多年來我把非一般的旅行當作一般，導致現在已經沒辦法適應一般的旅行。

某次專訪時，對方問我，他讀了我的某本旅行隨筆集，疑惑為何我的旅程中總會遇到好多麻煩？我聽了嚇一大跳。我從未遇過麻煩，也沒寫過這種事呀。我沒遇過扒手，也沒被人下藥在飲料裡；就算在深山裡的休息站，巴士丟下我就開走，我也立刻追上前、衝上車；被日本旅客推倒時我也像神經病一樣大笑，當作沒這回事。遇到巴士冬季停駛，我只能沿著山路慢慢走，看到追逐羊群的狗對我狂吠不止；當牧羊人告訴我，不找人幫我叫計程車實在太危險時，我被那群狗咬了，傷勢還不輕，嚇得我快哭了；不過，牧羊人讓我跟他一起搭便車，還到附近人家幫我叫計程車，拜託駕駛多關照。

這點點滴滴對旅遊的不適應，或種種蠢事，我自己都很清楚。也有自覺這樣的旅行實在上不了檯面。不過，總是一個人，加上身為路癡又沒駕照，我一直認為一般來說就只能這樣。但是，看在其他人眼裡竟然是「充滿麻煩」，我真的壓根沒想到。

更別說接下來對方又問了，「旅行這件事最美好的是哪一點呢？」

我苦惱該怎麼回答。就像前面提到的，我只會這樣旅行，因此每次旅行都好累。覺得怎麼淨是些煩人的事，還常常哭。被騙了幾百塊就一把鼻涕一把眼淚，因為祭典或其他緣故每間飯店都客滿，找不到落腳處時，我也難過得哭了。講到「最美好的一點」，這似乎跟我的旅行距離太遙遠，無法回答。

於是我心想，其他人的旅行一定很明確有美好之處吧。像是接觸到異國文化，認識陌生人，但我思考了一下也只想得出這些，連想像力都很貧乏。

自從因為工作跟其他人一起旅行後，我漸漸察覺，我的旅行並不「一般」。我說的「並不一般」指的並不是好的意思。很多人在抵達目的地隔天就不會迷路，搭起巴士或計程車就像當地人，而且還能像在東京般找到美味的餐廳。如果有一小時的空檔，就安排一小時的觀光行程。即使語言不通，大家還是能做到。但隻身旅行次數異常多的我，搞不懂該怎麼搭巴士時就用走的，而且就算知道怎麼搭，也會弄錯時間空等兩小時，在這兩小時之中又怕錯過，只能待在公車站動彈不得。另外，慎重其事挑了許久的餐廳，還是常踩雷。

去年，我又因公到了巴黎。四年前也曾去過一次，當時我是從海參威搭火車、公車，有時搭飛機，一路轉乘抵達。去年在巴黎時，晚上一個人吃完飯，想找個地方喝酒，我便想起四年前去過的那間酒吧。

當時，飯店旁有間只有吧台的小酒館。我正要走進店裡時，老闆架著一名喝得爛醉的年邁紳士走出來。我問老闆，請問這裡有紅酒嗎？老闆一副聽不懂英文的模樣。這時，不知怎麼地，那名醉醺醺的老先生突然清醒，用法文告訴老闆，「這位小姐說她想喝紅酒。」（大概是吧）說完又無力地倒在老闆身上。老闆扶著爛醉老先生上了預先叫的計程車，看看我，露出靦腆笑容回到吧台裡，幫我倒了一杯紅酒。我一邊讀書，邊喝了三杯紅酒。當我起身要離開時，老闆又倒了一杯。用手勢表達，這杯他請客。

我想去那家酒吧！只不過是四年前的事，我卻想不起來地點，在夜晚的街上繞來繞去，最後總算找到了。找到後，自己都想笑。在我的記憶中，雖然稱不上時尚，也算是一般的酒吧。但事實上就像東京一些不提供座位的小酒館，很不起眼。當年店內顧客只有我，但這次擠滿了人，還有一些顧客在店門外喝酒、抽菸，門口丟了一堆菸蒂。裡頭也是鬧哄哄，幾個人眼睛直盯著電視。老闆已經換人，是一對夫婦。我點了杯紅酒，倒是用四年前相同的杯子端出來。喝起來沒什麼特別，就是一般的招牌單杯酒。

我邊喝邊想著，唉，這還真有我的風格。既不是時尚酒吧，也沒提供什麼好菜，不過就是個不起眼還沒座位的小酒館。本來想來跟老闆謝謝當年他招待的第四杯酒，結果老闆換人了。好蠢。不過想想，我就是專做這種事，於是立刻豁然開朗。就算再怎麼笨拙，再怎麼沒效率，再怎麼不稱頭，再怎麼愚蠢，我也只會這種方式。既然如此，也該接受我自己的「一般」了。就這麼做。

一個人旅行的原因

最初會開始一個人旅行，就因為沒人肯陪我，很消極的理由。二十五歲那年，我非常想去旅行，想得不得了。為期一個月。一開始就很清楚，會是一趟克難旅行。一個月裡，可以跟我一起住每晚不到千圓的廉價旅館，搭長途巴士四處走的朋友，完全沒有。從泰國到馬來西亞，再回到泰國。這就是我初次的隻身旅行。雖然旅程中也曾擺烏龍，或是被坑錢（金額倒是不大），但相較之下，有趣、大開眼界的事情，還有受到陌生人幫助等美好回憶來得更多。後來我會陸陸續續一再一個人旅行，也是因為這趟旅程留下好印象。

如果是個擅長安排行程的人，可以很快查到交通方式，或是對目的地很有方向感，就會一路順利。但不是的話，就會做很多白工。像我，看不懂時刻表，就算看懂了也會弄錯時間，沒膽識又是路癡，每次都有做不完的白工搞得自己苦哈哈。走到哪裡都提心吊膽，吃飯時好無聊。換在國內因為語言能通，會輕鬆不少，但我還是一再迷路。沒有駕照，所以每次為了移動傷透腦筋，總之大多事倍功半。

即使如此，我仍然一個人旅行，因為有些事情只有一個人旅行才能體會。

一個人旅行時，尤其像我這種對旅行很不在行的人，真的會受到很多人的幫助。或許是我一臉不安，顯得手足無措吧，經常有人主動開口問我，「你怎麼啦？」「你迷路了嗎？」我問路的時候，對方也會非常仔細說明。雖然也會有些不懷好意的人接近，但或許是一個人在外，察覺危險的本能會比平常更敏銳，多半都能事先警覺。此外，有時也能跟其他遊客變得熟稔。

國內旅行的話，趣味就在於各地的人個性明顯不同。有的人乍看不怎麼友善，但大多數交談幾句後就發現其實非常親切，個性開朗。有時走在路上，迎面而來的人會主動交談。每個縣市真的各有特性，也就是所謂的「縣民性」。而且，無論走到哪裡，都不會遇到什麼令人覺得不適合旅行的險惡狀況。

基本上，我相信人性本善。每次我問路，幾乎所有人想都不想，就為我指出正確的方向。雖然好像沒什麼，但這不會是惡意，而是百分之百的善意。我之所以能深信如此，就是一個人的旅程中受過太多人的幫助。

另外，還有一個對我來說很重要的理由，讓我繼續一個人旅行。就是我這個人的個性優柔寡斷，要是有其他人同行，就會受對方影響。假設一起吃飯，在我心裡想著「不怎麼好吃」時，對方率先說出「這個好好吃！」我就相信了。又或者去看了古蹟覺得好美，但旅伴說「哇！這什麼鬼！」我就開始懷疑自己，這真的很美嗎？對旅行中的所有感覺都會逐漸被別人牽著走。這麼一來，當旅程結束，經過一段時間，回想起當時的種種，會連食物的滋味、城市的地圖、街道的名稱，令人感動的事物，都想不起來。

一個人旅行的話，只會有自己的感覺。無論美醜、好不好吃，只能相信自己。這麼一來，會發現很多連自己也不知道的事，經常也能發掘新的自我。此外，對於旅行印象也會更精準而深刻。對我來說，這超越了一個人旅行的徒勞、麻煩、膽怯等等所有的缺點，太重要了。

第四章

「那股勢不可擋的猛烈憤怒，代表的是希望！」

非洲——無聲的訊息

馬利（Mali），是位於西非的內陸國，跟其他七個國家交界，被歸類在最貧窮的國家。我從巴黎搭飛機六小時，抵達該國首都巴馬科（Bamako）。

我們抵達時晚上快九點。機場很小，光這班飛機的旅客就差不多擠滿。其實很多國家都是，但這裡的人更是完全不排隊。人擠人的狀態下總算通過護照檢查，與前來接機的工作人員會合。往出口走去又人滿為患。

不知為何，竟然在此設置X光行李檢查站。一大群想盡快離開的人推擠，插隊，吵鬧。正想提起行李時，一名高大的女子把我抓起推到一邊。面對這突如其來的狀況，我忍不住大喊：「欸！怎麼這樣！」旁邊的歐美旅客情緒高昂笑說，「這就是巴馬科呀！」確實，這股高昂的情緒不難理解。小小的機場瀰漫熱氣，卻不是旅客熟悉的那種。也就是說，這不是熱情歡迎觀光客的氣氛，而是更另類，更大刺刺，總之絕非友善的那種。

好不容易走出機場，坐上前來接機的車。行駛了幾十公尺，四周變得更暗。大批車輛在黑夜奔馳，而且所有車上的音樂都開得極大聲，每個人不停按喇叭，還從車窗探出身子，揮舞著國旗跟布條大吼大叫。我以為是遊行或政治集會，結果來接我們的工作人員說，「因為女子足球隊進了決賽，大家很開心。」原來是足球賽贏了進入決賽，所以這麼熱鬧。在黑暗中，漸漸看到有人爬上民宅、建築物，甚至巴士站棚上，舉起雙手高聲喊叫。這時，司機先生口中念念有詞，突如其來方向盤一打就進入對向車道，還加速飆車。欸，這，這是對向車道吔……我們都看得傻眼，但司機先生巧妙避開迎面而來的車，再回到空出來的車道。這就是巴馬科嗎……

這次的行程是接受 PLAN JAPAN 這個非政府組織委託。以援助開發中國家兒童及生活的 PLAN JAPAN，從二〇〇九年開始舉辦「Because I am a Girl」行動。在開發中國家的女性、兒童，尤其是小女孩，多數極難避免成為貧窮的犧牲品。沒有就學機會，甚至還得面臨人口販賣的危機，或遭強暴，缺乏充足知識下被迫生產。然而，站在公益團體的立場，提高女性知識與意識，讓她們不受性方面迫害，這是社會發展的第一步。於是，PLAN 透過行動，援助當地的女性。

至於委託的內容，就是在活動期間親自走訪、詢問當地女性，看看她們目前的狀況，以及 PLAN 從事哪些實際活動，最後製作成報告。

我二話不說答應這次的委託，原因並非我對志工活動特別積極，事實上，我反倒一直抱持懷疑。例如，參與這些活動最快的方法是捐款，但真的能帶來幫助嗎？會不會在真正需要的人力及支援到位前，就被政府、仲介，或是其他我所不知的機構，扣除手續費或價差呢？一想到這裡，無論金額多少，總讓我猶豫是否該捐款。

換句話說，我受託時並非單純地想著「到有難處採訪，傳遞當地第一手的聲音」，而是假設我以捐款方式參與志工活動，我希望了解這些錢是不是真的好好用在當地，又是如何運用。

雖然接受委託前去採訪，但究竟要去哪個國家？看些什麼？我請教 PLAN 的工作人員，有哪些地方能採訪，以及設定的主題。例如，有南美洲及東南亞的專案，是保護女性不受人口販賣及性侵害威脅。會有針對女性的職業訓練學校，以及專為孕婦、母親開設的衛生指導課程等。其中，也有呼籲廢止切除女性外生殖器的運動。想理解其他部分，還有小女孩或女性得做出什麼樣的犧牲。然而，光是這樣還是不夠。我大概感受到自己下意識拒絕去了解這些事情。於是，我選了採訪呼籲廢止切除女性外生殖器的活動。就這樣，決定前往馬利。

切除女性外生殖器的風俗，好像早於兩千年前就流傳在非洲一帶。女性在童年就切除一部分或全部的外生殖器，原因是當地人相信，如此便能使女性保持處女之身。另一方面，他們也相信在切除外生殖器後，女性對性事就不會有快感。

當然，支持這種迷信的便是以男性為尊的社會背景。無論重視女性的處女之身，或是企圖斷絕女性在性行為上的快感，這些都是男性的想法。長期下來，連現在的女性也堅信，「不這麼做的女人都是汙穢的」。

問題最嚴重的並非男尊女卑的思想，而是對健康的傷害。因為切除時用的是生鏽的剃刀或利器，而且在未施打麻醉的惡劣條件下進行；結果有不少人因敗血症或大量出血而死亡，也有很多人在手術後飽受感染等後遺症所苦。

隔天，我出了飯店就到PLAN在馬利的分部。前夜黑漆漆，什麼都看不見，但此刻眼前寬廣的車道上擠滿車輛、摩托車跟腳踏車。PLAN的辦公室，就在從市中心轉往紅土道路的地方。

我在這裡認識投入反對女性生殖器切除運動，長達十五年的馬利女性，瑪迪娜，聽她說明運動的現況。根據她的說法，切除女性生殖器的風俗維持太久，根深蒂固，過去是連談不能談的禁忌。如果到了封閉的村莊，老實說明「想來跟各位聊聊切除女性外生殖器的問題」，根本無法進入，有時還會被當成惡魔。於是，瑪迪娜等人會先告訴村長，他們的目的是要改善瘧疾等引起的健康問題。獲得許可入村後，就能進行健康、孕婦．嬰幼兒生活指導，同時定期來到村裡。等到獲得眾人信任後，再慢慢向他們解釋切除女性生殖器會嚴重影響身體健康的事實。

這次的目的地距離巴馬科車程八小時。簡單聽完瑪迪娜的說明後，我們立刻準備動身。馬利分部這邊派出瑪迪娜，還有另一名三十幾歲的男性工作人員狄亞哥陪同。

出了巴馬科市區，仍舊是一路延伸的柏油路面。不過，街道兩旁愈來愈空曠。無論是建築物、店家、住宅，都變少了。相對地，紅色的大地、零星生長的綠樹、宛如雕塑的麵包樹、稱不上河川的涓細水流，以及遼闊的天空，填滿視野。等到道路兩側再次三三兩兩出現小攤子，或是簡陋的小屋，就代表接近村子。接著，攤子跟簡陋小屋的數量也變多，只見道路兩旁全是店家。賣菜的，賣肉的，賣油炸料理，賣衣服，賣文具，賣鞋，賣布料，賣家具，店面一間連著一間，穿著鮮豔的人群來來往往。馬利人的服裝美到令人屏息。紅土大地，還有他們褐色的肌膚，使得愈鮮豔的顏色搭起來愈好看。在瀰漫塵埃的市集裡，看著五顏六色交錯來去，讓我著迷得說不出話。

過了這村，眼前又回到紅土跟綠樹的單調風景，過了一、兩小時又出現另一個村子。大致是這個模式。

漸漸地，前方視野變得高高低低。原來是鋪設的柏油道兩旁，堆疊著大大小小扁平的岩石，其中還有一群苗條的女性，不知從哪兒冒出來，也不知要去哪裡，總之她們頭上頂著大盆子，排成一列隊伍往前走。這時我發現，車子行駛的已非柏油路，而是小心翼翼開在紅土及凹凹凸凸的岩石上，雖然駕駛很小心，但車內的我們身體依舊晃得劇烈。

抵達住宿的旅館時已是晚上。四周黑漆漆，如同昨夜般伸手不見五指。剛到巴馬科時，覺得巴馬科非常鄉下，但從這間旅館的二樓眺望四周，就會覺得巴馬科真是座大都市。

話說回來，要是以為我們已經抵達目的地，可就大錯特錯。明日一早得再朝目的地出發。後來才發現，當初我們以為非常鄉下的邦迪賈加拉（Bandiagara），其實是一個遊客聚集、很熱鬧的城市。

隔天，從旅館出發，在硬邦邦的石頭路上又驅車搖晃將近四小時，終於抵達最後的目的地——名為桑加的小村。我們將在這裡的旅館停留，造訪附近的幾個村子。旅館周圍只有紅土道路，以及土造住宅密集的小村子，其他只有樹木跟天空。至於這裡為什麼會有旅館？原來附近有邦迪賈加崖這處世界遺產。不少來自世界各地的遊客，為此來這裡參觀。

到旅館放好行李，我們立即前往第一個村子。來到這附近，幾乎已經沒有柏油路，就算有也是殘破不堪，斷斷續續，爬坡處多，到處都出現岩石，路況非常糟糕。司機先生雖然小心駕駛，但身體還是晃得像坐在騎馬機上；車窗外還會突然出現很不尋常的景象，是一片巨大的岩層。岩壁不斷延伸，看似要將我們與世界隔絕。這裡雖然高差五百公尺，四周毫無遮蔽物，直聳入空的崖壁看起來又更高了些。岩層縫隙有寬有窄，寬處跟個房間差不多。「那裡以前有人住。」狄亞哥說，身高一公尺左右的小人，過去就住在這些縫隙間。「哇，是什麼時候的事情？」他說，大概五百年前。

後來我才發現，馬利人對時間的概念獨樹一格，「五百年前」對他來說，似乎只是一個形容「很久很久以前」的說法。換句話說，邦迪賈加拉斷崖間居住著小人這件事，好像是流傳的神話。根據我的想像，這種時間的概念可能是因為他們的文化中，有一段很長時間都沒有文字之故吧。

這般巨大的岩層，已經超越壯觀的境界，極不尋常，甚至令人感到詭異。在這座岩層山的山腳下，據說有超過七百個村莊。在歷經兩小時像是騎在狂牛背上的狀態後，抵達了第一個村子，內尼村。這是緊貼岩山斜坡而成的聚落，遠處的背景是一處斷崖。

我們在這裡跟GAAS馬利分部一位名叫卡迪迪娜的女性工作人員會合。GAAS是Groupe d'Animation Action au Sahel的簡稱，這是一個地區型的衛生機構，主要輔導民眾辦理兒童出生登記，以及嬰幼兒的健康照顧，大概是地區衛生委員之類的角色。

一進村子，就看到一群女性聚集在一棵大樹下，村裡所有女性都在。男性則坐在距離稍遠的地方，孩子在旁邊的大石頭坐著。據說，這個村子至今仍保有切除女性外陰的風俗。卡迪迪娜說我可以盡量發問，我第一個問題就是，為什麼要持續。「因為這是長久以來的習俗，也是我們的文化。」這些女性回答。我問她們，有想過廢除嗎，結果她們想都不想就說，「沒有。而且這是村裡所有女人的決定。」

我當下暗自心想，跟這些人再怎麼講也是白費工夫。因為這個回答聽起來實在太堅定。不過，大老遠跑來總不能說句「哦，這樣啊。」就打道回府，於是我繼續問了幾個問題。

例如，大家覺得廢除這個習慣會帶來災禍嗎？（答案是「NO」。她們知道不會有這種事，只是認為這是文化的一部分，並不想廢除。）

女兒在出生時切除生殖器，是不是因為受到先生強迫？（沒有任何人強迫，這是我們自己的決定。）

不會因此導致意外死亡或生病嗎？（完全沒有。這個也是秒答。）

你們認為如果不切除會如何？（會被批評不純潔，就嫁不出去。）

我愈問愈覺得這實在太難廢除，無論怎麼問，她們的答案都會回到「不要廢除」。就在我已經想不出還能問什麼時，有個年輕女孩說了句令我意外的話。「不過，現在已經變成一種儀式而已。」這是什麼意思？在我尚未發問，瑪迪娜就先主動說明。

根據她的解釋，過去是將陰蒂、大陰唇及外生殖器全部切除，但現在只割掉陰蒂前端一小部分。「為什麼有這種改變？」我問。「因為這些人一直跑來說會影響健康呀。」女孩繼續說：「老實說，身為一個母親，我希望能廢除。但老人家都不這麼認為。希望有一天能廢止。」

接下來，村民還為我們示範切除時的作業流程。首先，母親將小寶寶交給執刀割除的人（女性），執刀人模擬割除的步驟。令人驚訝的是，實際操作時使用的工具粗糙至極。裝水的木碗好髒，用來切割的厚刀片生了層黑鏽。只是一場模擬秀，卻讓小寶寶突然大哭。害我不禁高喊，不用了！真的不需要示範給我看。

我們把帶來的伴手禮，一些糖果跟玩具分贈給孩童後離開。出乎意料的是，孩子都面無表情；領到糖果後，只是盯著看，玩具海灘球也是，拿在手上一臉困惑。我在折回崖道的路上有點後悔，心想這些伴手禮他們是不是不太喜歡，早知道應該挑別的東西才對。幾名陪同我們離開的男性，臨別之際還唱歌歡送。

這群男子稱為「griot」。

我來到馬利，才第一次知道「griot」。

Griot 其實像是一門職業，類似傳唱的音樂官。這些沒有文字的村民，就由 griot 以吟唱讓他們了解歷史、傳說及知識。據說每個村裡一定會有一家人肩負起 griot 的任務。例如，在健康指導方面，GAAS 或 PLAN 這些援助團體會請 griot 製作一首歌，用唱的向村民宣導。而這時唱給我們聽的，就是用來呼籲廢除割除的內容。

我的感想是，表面上看來所有村民都很堅定沒有意願廢除，但檯面下其實有很多人沒實際說出真心話。瑪迪娜說，正因如此才得定期造訪。如果相隔一年半載，就會像從未討論過，重回過去的舊思維、老習慣。住在附近的卡迪迪娜一個月會過去幾次，住在巴馬科的瑪迪娜則兩、三個月就走訪一次，除了其他的健康問題，也必須緩慢但確實推動廢止切除才行。

「話說回來，其實真的進步很多了。一開始連切除的話題都說不出口，現在即使在男性面前也能侃侃而談。」瑪迪娜的這番話，讓我似乎看到一線曙光。

接下來我們前往的是由鄰近五個聚落形成的伊比村，聽說最近這五個聚落同時宣布要廢止切除的習俗。這個村子距離內尼村車程約半小時。來到這裡，又是請五個聚落的女性聚集到村裡最大聚落的廣場。長老跟村長也在其中，我立刻發問，他們是如何走到宣布廢止。

第一個接受的是伊比．達瑪（伊比村的達瑪部落），接著再慢慢勸說鄰近的四個聚落。這時，我突然發現村子的遠近跟廢止切除間的關係。

村裡並沒有商家，每星期有一天會開放大規模的市集，民眾從各自所在的村子步行幾公里，到市集購買日常用品，但如果傳出只有某個村子決定廢除切割女性外陰的消息，這個村子的居民就會被排擠，「不准進入市集！」因此，如果某種程度（像這五個聚落）團結起來，公布決定廢除，就能避免這種情況發生。此外，還能透過在市集交換訊息，進一步呼籲鄰近村子也一起支持。不是一概用文化、習慣下定論，而是溝通方式、人際關係都有影響，我住的地方跟鄰居幾乎沒有往來，所以這點在其他人提醒前我完全沒發現。要在一個村子裡推動固然困難，但相反地，只要在一個村裡能落實，也會慢慢影響其他村子。

我問，從一開始提出建議廢除，到實際進入協調交涉花了多久時間，答案是五年。

那麼，實際廢除後，對於健康的損害是否減少了呢？「不曉得。」因為據說長久以來，他們從未將女孩死亡或生病跟切除外生殖器聯想在一起。我聽了有點吃驚。原來不具備知識就是這麼回事。也就是說，萬一接受切除的女孩死亡，但既然切除是理所當然的，沒人會認為這跟大量出血有關，只會覺得這孩子運氣不好，身體太虛弱。

我想起先前在內尼村，問她們有沒有死亡意外跟後遺症時，她們想都不想就回答「沒有！」讓我害怕。如果心裡不認為那是切除造成的，那她們的回答並沒有錯。

簡單交談後，我突然發現，在先前造訪的村子，回答問題的只有一名女性。由她代表回答後，其他人要不是點點頭，就是直盯著我。但是，在這個村裡，在場的每一位女性都會主動開口，「YES」、「NO」有各自的意見。

五年的歲月，卡迪迪娜、瑪迪娜，持續不斷造訪。在我跟村民交談時，發現到卡迪迪娜、瑪迪娜，還有狄亞哥，他們從來不講些冠冕堂皇的理由，像是要為了讓國家富強，為了改變國民意識，或是為了保障女性、兒童的權利等，我完全沒聽到這些聽來像是演講的字眼。推動廢止切除女性外生殖器的他們，關心的不僅於此。當然最好沒有瘧疾、營養不良及愛滋病。既然他們具備知識，也不可能見死不救。生而為人，都該努力活下去。不靠言詞、大道理，就像鄰居幫忙解決問題。其中也包括切除女性外生殖器的議題，如此而已。

原先我還擔心這樣是不是公然介入他國文化，此刻疑慮煙消雲散。這種大頭症的想法，在這裡只會礙手礙腳。如果有任何機會能保命，不管三七二十一，趕緊抓住就對了。就連過去擔心捐款能否順利送達，這時我也覺得已經不是這個層次的問題。與其思索有哪些灰色地帶，不如想想能做些什麼。卡迪迪娜他們的行動，非常簡單卻十分堅定。

討論告一段落後，所有村民都聚在一起，跳起舞來。男人敲打著外型像是巨大沙拉碗的木鼓，女人跟孩子則配合節奏跳舞。樂器就只有鼓，卻能奏出輕快開朗的樂曲，身穿鮮豔衣裳的女人跟小孩，用力舞動著細長的手腳。大夥歡笑，不停舞動。後來連瑪迪娜跟我都被拉進去一起，孩子邊跳邊笑得東倒西歪。看著歡笑的孩子，我忽然發現，這個村裡的孩子動不動就大笑，幾個孩子一起打鬧也大笑。讓我忍不住對照起先前內尼村那些面無表情的孩子。不過，一方面我也心想，這會不會是我個人的偏見呢？沒有廢除外生殖器切除的村裡，孩子都面無表情，而廢除的村子，每個孩子表情豐富，會有這麼明顯的差異嗎？

隔天，我們要去另一個村子，那個村子原本就沒有切除女性外生殖器的風俗。從飯店出發，又是約兩小時的顛簸路段。放眼望去，三百六十度全都是令人目瞪口呆的異樣風景。右手邊是高聳的斷崖，左側是看不到邊際的紅土原野。在好遠，好遠，好遠的那一頭，在看到地面跟天空連成一線之前，視野所及只有泥土跟樹木，其他什麼都沒有，是一片完全裸露的大地。一望無際，卻沒看到大海，真奇妙。

孔都村是距離伊比村幾十公里的村子。跟其他村子一樣，住家是四四方方的土屋，每個家庭都有正方形的稻草屋頂貯藏庫。我聽說這個村子再往前走一點就有個學校，就過去看看。從沒有玻璃的窗口往裡看，跟日本學校差不多大小的教室，坐滿孩子。約有一百個人吧，聽說這邊是七到九歲的孩子一起上課，也有更高年級的班級。這附近就只有這所學校，所有學生都是從各自的村子步行好幾公里來上學。

在孔都村，我們見到村裡三名女孩子的生活。孔都村相對來說離學校較近，話說回來也要將近五公里。我問她們平常的生活，她們說除了上學就是幫忙家務。往返於附近的水井挑水、打掃庭院和家裡、帶小孩、製作家畜的飼料、餵食家畜、做飯、洗碗，找空檔寫功課。

我問她們，將來想做什麼，三個人的回答都一樣，「當老師。」每個人都有點難為情，我原本以為她們只是照著前一個人講的回答，但瑪迪娜的一句話才讓我明瞭。「老師是她們所知的，唯一一個令人尊敬的職業。」因為村裡沒有其他「職業」。她們應該也從未想像，世界上究竟有哪些職業吧。聽到她們在回答時，只有一個答案，令人有些同情，但另一方面也值得高興。瑪迪娜說，其實不久前，當地人似乎還認為女孩沒必要上學。但現在附近有了小學，家長的觀念也改變，任何人都可以上學。這些女孩上學後，開始懷抱夢想；追尋她們想做的事，即使只有一個選項。

此外，我也問了村民，為什麼村裡沒有切除女性生殖器的風俗呢？不過，由於太久以前就廢除，據說已沒人記得真正的原因。「太久以前」跟狄亞哥的「五百年前左右」一樣，至於是三十還是五十年前？正確的時間也沒人曉得。

通布圖（Tombouctou）這個地方，由於無法以法律禁止，是由宗教領袖禁止整個地區切除女性外生殖器。瑪迪娜說，之前曾有過一年中有四百名女性死亡的狀況，那之後當地就決心廢止。不過，她也是以「不久前」帶過，不確定正確的時間點。只是，無論是去年或是五年前，其實無所謂。

那天剛好有市集，我們就去看看。市集跟學校一樣，會有很多附近村子的人聚集。孔都村那個接受我們採訪的小女孩，她母親也帶著自製啤酒到市集上賣，推著手推車出門。

空蕩蕩的平原上突然冒出市集。大夥兒在地上鋪塊布，排放各自的商品。T恤、運動鞋、文具、書、雜誌、藥品、醫療用品、熟食、乾貨。再往裡頭走，還有蔬菜、魚乾、肉乾等食材。還有小攤子，架起一塊大得不像話的鐵板，在上面煎肉塊來賣。到處都看得到三、四顆羊頭綁成一串，由於很少見到這種景象，看得我震驚不已。我隨手想拍個照，卻遭到一群賣家猛烈反彈。雖然聽不懂，但看得出對方真的很生氣。尤其是女性賣家，板起臉破口大罵，甚至揮手表示要我快走。

「他們不喜歡你們拍照後做成明信片之類牟利。」狄亞哥解釋，我卻不這麼想。我猜他們覺得自己的生活遭到輕蔑，但事實如何也無從得知。

話說回來，這個市集還真是熱鬧有活力。我四處逛逛，看到昨天在伊比村見到的女子，還有剛才在孔都村認識的女孩，有很多人都來到這裡；她們就像迎接慶典，歡欣愉悅。對於生活在這類封閉社會的人來說，這種市集是唯一開放接觸到外界的場合，正因這樣，我深深感受到無論好壞，包括女性外生殖器切除等資訊，都會在這時交換。

我非常喜歡從飯店眺望早晨的景致。住宿的這間飯店三樓是頂樓，但即使是這樣的高度也能三百六十度瞭望。距離有遠有近，但東西南北四方都有小村子。這一帶還沒有電，就連飯店的自動發電機也只從晚間六點供電到早上六點，其他時段會自動停電。每天，我都在已停電的早上六點多，走到頂樓。一眼望去，每個村子都有幾縷白煙冉冉上飄。女人把桶子頂在頭上走，男人則收集樹枝，綁成體積大到不像話的一大把，也一樣頂在頭上。孩子背著更小的小小孩。一、兩輛摩托車揚起一片紅土呼嘯而過。笑聲，叫聲，摩托車引擎聲，更遠處的聲音也聽得到。每天早上，同樣的光景靜靜重複上演。

在東方地平線一帶看到的太陽，小到讓我嚇一跳。在如此遼闊的光景，太陽看起來竟然會變得這麼小；沒有任何電線劃過的乾淨天空，逐漸變得愈來愈藍。

這是塊相當貧瘠的土地。昨天在市集擺放的蔬菜，種類少之又少。村子另一頭的凹凸路面上，有幾個人在劃出的小塊田地耕作，聽說是接受非政府組織的指導，栽種洋蔥。我直盯著乾枯的紅土大地擔心，不知能否順利收成。然而，從小生長在這裡的人，從來沒想過這是塊貧瘠的土地吧。向來無從比較的他們，就在這宛如太空的斷崖光景中，靜靜討生活，接下來也將重複同樣的步調。看著縷縷白煙，我突然有股莫名的安心。

那一天，我們在顛簸的路上又行駛了約兩小時，前往塔加村。塔加村剛在一年前全面廢止切除女性外生殖器，這天正好有個紀念儀式，我們獲得對方同意參加活動。

一看到我們的目的地，塔加村，我頓時啞口無言。這個村子竟然在斷崖絕壁的另一側。得先走下聳立的石壁，再往上爬才能抵達。看得到在斷崖的另一頭，有一群大人跟小孩看著我們。要先走下這段斷崖，再爬上去嗎？正當我盤算時，陸陸續續有車過來，接著一群人下車。這些人是要參加今天典禮的GAAS所長、市長、政府派來的行政長官，還有腰間佩掛手槍的特勤人員。氣氛真緊張。

我第一時間心想，不可能吧。瑪迪娜跟卡迪迪娜穿的都是涼鞋，行政長官一身正式服裝。我們這組人的攝影師還背著攝影器材，包括我在內，整隊人馬都對地形的高低落差跟陡坡（根本是斷崖）害怕。不過，瑪迪娜若無其事，一馬當先走下斷崖。我們幾個做好心理準備，也跟上去。市長跟行政長官也相當矯健往下走，接著又靈活往上爬，但對我們一行人而言，根本像是針對入門者的攀岩課。雙手緊抓岩石後，好不容易才踏出腳步。村民都站在斷崖上，看著我們似乎覺得很有趣。

好不容易抵達，當初雖然聽說有個典禮，但我一直以為只是有個簡單演講的聚會。結果根本不是這麼回事！一大群人幾乎擠滿樹蔭下的廣場。我們坐在準備好的椅子上，等候一會兒，聽到遠處傳來鼓聲。站起來定神一瞧，在我們剛才往下走的斷崖上，竟然有一群戴著面具變裝，手上拿著樂器的人，邊演奏邊走下斷崖。

這些人是當地最有名的多貢舞舞者。他們就這樣邊演奏邊爬上斷崖，進到村裡走到廣場上，毫無預告就展開舞蹈秀。一陣陣鼓聲節奏熱烈，歌手的聲音就像樂器，加入其中。渾厚的樂聲背景下，戴著各種面具的人，輪流出場，以不輸給演奏的熱力勁舞。每位舞者雙腳用力跺地，揚起的灰塵蓋住他們的腳，看起來就像飄浮在空中。老年人、兔子、鳥的面具，形形色色，舞蹈是有個故事為背景。可能是這個地區和民族的歷史故事吧。最誇張的是還有一群人踩著約兩公尺的高蹺跳舞。他們的舞步自然又充滿力量，高蹺似乎已成了身體的一部分。

跳完舞之後，這群人沒拿下面具，同樣邊演奏邊離開廣場，直接走下斷崖。接下來，地點換到類似村子居民中心的場所，展開正式典禮。市長、行政長官致詞，還有村裡的幾位女性領袖致詞。令人驚訝的是，我原先以為市長跟行政長官不太關心這個問題，其實不然。「為了維護古老傳統，結果對女性來說只是帶來傷害。」在此基調下，兩人在致詞時說了很多。

原來政府也支持廢除切除的習俗！這麼說來，在邦迪賈加拉地區全面廢止並非不可能嘛。雖然這麼想，但想到第一個走訪的村子，仍不免覺得或許太過樂觀。這跟援助生活或配給民生物資不太一樣，並不是政府支持，就能立刻贊同，「那我們村子也跟進好了。」話說回來，政府贊成廢除這項習俗，以及這麼熱鬧的典禮氣氛，能不能讓第一個村子的村民感受到呢？

這個村裡的小孩，一收到我們帶去的海灘球，馬上玩了起來。海灘球高高彈起，孩子就揮動長手長腳追上去。看他們衝得好快，擔心著會不會為了追海灘球而失足摔下斷崖，發生意外。同行的 **PLAN JAPAN** 工作人員似乎跟我有同樣擔憂，不停提醒村子裡的大人，「別讓小孩在斷崖附近玩哪」。

來到這裡讓我深信，廢止切除的決定跟村裡的氣氛有關。廢止的村子並不是廢止後才變得開朗有活力。追根究柢，這是因為一開始就有好的風氣，讓女性能針對問題討論。

典禮結束準備離開時，瑪迪娜說，起初村民根本不讓他們跨過剛才那道斷崖。面對堅決拒絕讓他們入村的村民，只能不斷勸說，「我們的目的只是為了各位的身體健康。」讓村裡自治會的人到斷崖另一側聽說明，之後允許社工到崖下跟村民討論，最後才好不容易得以爬上山崖。在這段漫長的歲月裡，瑪迪娜跟GAAS的員工多次背著錄放影機、投影機，以及自動發電設備爬上爬下，用影片說明切除的危險性，以及伴隨的其他各種對健康的危害。要是沒有鋼鐵般的堅強意志，根本辦不到。思索的同時，我也想到，若光只有冠冕堂皇的理由，真的無法持續吧。若是靠言語訴諸的理想，無法接近目標就會絕望。但這不是，這是在言語之前更直觀的感覺。人人都該活下去。支持他們鋼鐵意志的，是比言語更簡單，更本質的感覺。

最後一天，有約半天在巴馬科的自由行。這段時間每天都在邦迪賈加拉地區，卻還沒好好看過巴馬科，是該了解一下。於是我立刻上街，在幾乎是直射的陽光中，從飯店步行約二十分到市中心。車輛、店家愈來愈多，路上的行人也愈來愈多。布店、鞋店、小吃店、水果行、蔬果店，在一排店鋪的門口，還有賣油炸料理小攤、賣指甲剪跟剪刀之類的雜貨攤，以及賣口香糖跟香菸的攤子。有一群人圍坐在攤子旁，他們不是賣家也不是買家，無所事事就坐著而已。

感覺市中心似乎很遙遠，或許是因為並不像個對觀光客開放的地方吧。倒也不是治安不好，但鬧區就是看不到外國人身影。眾人看到我這個身材矮小、一張扁平臉的日本女人都忍不住側目，甚至也有人直盯著。這些目光讓我吃不消。

肚子餓了，想吃點東西，卻找不到地圖上的那家店。有這麼多店家，卻沒看到適合的小吃店。我叫住一名行人，拿出地圖給他看，對方卻只用手勢告訴我「不曉得」。只是這樣也還好，但接著聚集好幾個人，問我要找什麼。我比出吃飯的手勢，表示想找間餐廳，幾個人七嘴八舌，現場大概是一個人說了那邊有餐廳，其他人又插話，往另一頭走就有小吃店，總之，情況變得有點難收拾。好的，謝謝。道謝後我往其中一人說的「另一頭」走，走著走著卻轉入紅土小巷弄，別說餐廳，就連店家也沒看到半間。這裡的人都非常親切，但可能親切過了頭，心裡想的是「印象中另一頭好像有餐廳」，或是「希望另一頭有間餐廳」，但說出來就變成「另一頭有小吃店」。在紅土小巷弄中，我領悟到，最好還是別太把那些話當真，不要繼續往他們說的方向走下去。

我在類似速食店的店家稍事休息，出神望著眼前馬路上車輛來去。我心想，基本上有人的地方都不會差太多。無論城鄉，總有店家，人們購買生活必需品。沒有店家的話，就像桑加地區定期會開市集。就算語言不通，還是能買東西。對遊客來說並不特別困擾。雖然多少有些難度，但只要當地有人生活，遊客到哪裡都能旅行。實際上，我連一句法語或是班巴拉語都不會，還是能坐在這裡吃東西。不過，真的很遠。

市中心好遠，這是我偶爾在旅遊地點沒看到什麼觀光客時的感覺。在此處有生活的景象，感受得到民眾的生活，卻似乎無法親近。就像此刻邊吃東西，卻覺得自己彷彿不在這裡，不屬於這段時間。

吃完飯，還有一點時間。我在鬧區繞了一圈，看看從飯店裡拿的地圖，盤算著去哪晃晃。我旅行必訪的就是市場跟宗教設施，只要去看過這兩個地方，多少能了解當地狀況。我在地圖上找到「Grande Mosquée」（大清真寺）幾個字。不知道有多遠，但我這個路癡保證會迷路。要是我指著地圖問人，親切的馬利人一定會告訴我，但一想到剛才引來一群人七嘴八舌，還是搭計程車比較明智。

走出速食店，我攔了輛計程車。看起來輪胎有點扁，但判斷行駛上應該沒問題之後，我鑽進車裡，把地圖給駕駛看，重複「Grande Mosquée」這個字。駕駛點點頭就開了車。過尼日河時，太陽剛好下山。寬闊河面上染成一片橙色。

河邊小攤冒出一股股蒸氣，身子一側成了剪影的人群在橋上往來。我想起在桑加的旅館頂樓眺望村子清晨的風景。市中心依舊很遠，但傍晚這副刻意強調生活所在的情景，令人懷念。

大清真寺就連搭車也好遠，還好沒用走的，一邊心想，一邊眺望著窗外夕陽在入夜前一刻將整條街染成淡淡葡萄色的景致。這時，路上的人愈來愈多，沒多久就擠到車道。我把額頭貼在車窗，納悶著究竟發生什麼事。只見有一區全是商店，比先前的鬧區更熱鬧。一整排商店，外加滿滿占用車道的攤子，就跟剛才差不多，但這裡聚集的人更是多得不得了，似乎看不到人潮盡頭。此外，車道上有滿載著商品的卡車亂切車道，臨時停車後又開走。不但如此，好像還有共乘計程車招呼站，也有幾輛老舊休旅車，叫賣招攬客戶的叫聲不斷，瞬間聚集一大群人。愈來愈多人跑到車道，連我搭的計程車也走走停停。不管怎麼走，四面八方都是人群。我甚至暗想，該不會全巴馬科的三分之二人口都在這刻聚集到這兒來吧？

完全不清楚究竟發生什麼事。哎呀，大家一定跟平常一樣，只是出來買個東西，或是下班要搭公車回家吧。不過，接下來我眼中的狀況，實在不是我所認知的「買東西」、「搭公車」。現場瀰漫一股不尋常的熱氣跟騰騰殺氣，從我印象中搜尋類似的狀況，最接近的就是「一大群人黑鴉鴉，盯著流血鬥毆的場面」，人龍不斷綿延，不斷綿延，實在不知該如何形容。後來我想到，對了，當初在機場看到也是這樣。

我思索著，我說的「遙遠」就是這個意思吧。到處都有生活，遊客在旅行時就是不免打擾當地的生活。在當地生活的人，對於遊客的介入或有、或無意識，諒解，然後接受。然而，若是這樣的生活與自己的認知相差太多，遊客不覺得自己被諒解。「人明明在此地，卻似乎不在這裡」或許這就是不被諒解的感覺吧。而巴馬科這股混合著活力、熱情與殺氣的日常渾沌，跟我的認知實在相去太遠。到語言不通的國家旅遊，我也歷經了幾十回，但如果要我這時下計程車，一個人想辦法回飯店，我真的不知該如何是好。

原先分開人潮慢慢前進的計程車，這時終於在人群中停下。人群中的大人跟孩子把臉緊貼著車窗，直盯著車內。「這裡就是清真寺。」駕駛說的大概是這個意思吧，望向他手指的方向，有一排欄杆，欄杆另一頭是巨大建築物。計程車周圍全都是人，但柵欄另一頭也擠滿了人。可能快到傍晚禱告的時間。

外頭擠到我沒辦法打開車門。駕駛先生先下車，請這群人讓開後總算開了門。親切的駕駛還要帶著我進去，跟站在可動式欄杆前面的工作人員講了幾句話。這時，旁邊一名身穿襯衫、長褲，看來很普通的大叔，沒頭沒腦氣呼呼地對著駕駛先生大罵。駕駛先生也以輸人不輸陣的氣勢罵回去，毫無預警展開一場激烈爭執。現場的氣氛緊繃，似乎下一秒兩人就要互揪領口，打得頭破血流。工作人員出面協調，兩人對罵的語氣也不見和緩。雖然語言完全不通，我也大概能猜到是什麼狀況。穿襯衫長褲的大叔一定是說，「讓這女人進清真寺成何體統！」駕駛先生想必回他，「人家是觀光客，讓她進去呀！」就在兩人爭執的同時，原本已經夠擠的人群又聚集更多人，形成一堵厚厚的人牆。

「別吵了，兩位別吵。不好意思，是我不應該說要來參觀。我們走吧，不用進去了。真的很抱歉，我不知道規矩，對不起。」

突然對於眼前的狀況害怕，我用日語大喊，一邊拉著駕駛先生的襯衫要他回車上。工作人員好不容易拉開仍持續對罵不休的兩人，我們撥開人牆總算鑽回計程車。外頭已經一片黑。黑暗之中，一張張的臉，臉，臉，臉，臉，臉，臉，臉，全盯著鑽進車裡的這個無知遊客。連車子緩緩開動後，他們仍一動也不動。

費了九牛二虎之力，總算擺脫了人潮，重新回到車道，在依舊擠滿人的路上緩緩行駛。駕駛一臉為難，說了一句話。我猜意思大概是，「剛才那個人說現在是禱告時間，不能讓非信徒的外國女人進去。」我低聲說：「是我不對，真不好意思。」不知道他能不能了解我的意思呢。

在其他國家，也曾有管理員對我說，這裡的清真寺不能讓非穆斯林的女性進入；或者有時明明來到清真寺附近，卻覺得自己像個格格不入的外來者，反倒決定不進去了。然而，為了要不要讓我進清真寺而引起這般激烈爭執的經驗，還是頭一次。所謂的「遙遠」，指的也是這種狀況吧。當然，一廂情願認為宗教設施是個供人參觀（即使是從外頭）的地點，只證明我太不了解這個世界。

總算脫離了人潮，計程車也能以正常速度奔馳。行駛了一段路，駕駛先生指著一棟亮著燈光的建築物，「那是一間中餐廳！C'est bon！（譯註：法文，意思是「很棒」）」他好像在安慰這個沒能參觀到清真寺的「中國觀光客」。Merci（譯註：法文，意思是「謝謝」），我答道。

在最後一天真正的最後一刻，我好好見識到了馬利這個地方。回來後，朋友問我馬利是個什麼樣的地方，我想了一會兒，只有這個答案。「跟其他所有地方都不像」。馬利就是強烈展現特色的馬利。無論是那場混亂、那片斷崖絕壁、宛如遙遠行星的岩石平原，以及日常生活的炊煙。跟我所認知的生活與情境實在相距太遠太遠。整趟旅程我隨時都感到不可思議。回來之後的隔天，我發燒，昏睡。肯定是因為圍繞在太多陌生的事物之下，即使腦袋告訴自己「這裡是外國，這是一趟旅行」，但身體仍舊承受巨大的文化衝擊。

這種無知跟不了解，就跟對於女性外陰切除在感覺上的無知，一模一樣。因此，如果這項運動是由歐美的人推動，或許我就無法贊成。但實際上並非如此。馬利的當地人瑪迪娜，每兩、三個月就得花上兩天，造訪那個地區，耐著顛簸的路程，靜靜持續呼籲廢止切除的習俗；卡迪迪娜跟先生、孩子分開，一個人住在桑加地區，隨時走訪每個村子，他們背著投影機，在斷崖爬上爬下。每個人都值得活下去。他們無聲的訊息，就像遼闊平原上裊裊升起的炊煙。

印度——她們的淚水與怒火

以保障開發中國家兒童的權利，以及促進區域發展等活動為主的非政府組織 PLAN JAPAN，從二〇〇九年展開了「Because I am a Girl」的行動。因為是女孩，不能上學；因為是女孩，會遭受性侵害。這些孩子因為性別差異，被迫度過悲慘的每一天。這個行動的主旨，就是設法幫助女孩。

我在二〇〇九年走訪非洲的馬利，也是這項行動的一環。切除女性外生殖器的習俗，雖然在馬利的首都圈一帶逐漸廢止，但在地方城鎮依舊還保留。這項習俗是為了不讓女性感受性事的快感，因此在女性年幼時即切除部分外生殖器。當時我們驅車前往距離首都八小時車程的村子，停留數天，連同走訪附近其他村落，掌握切除女性外生殖器習俗的現況。

當時我才知道，原來透過閱讀資料跟實際上訪談，兩者所了解的程度竟然相差甚多。如果還有這類機會，請務必讓我參與。當時我對 PLAN JAPAN 的工作人員央求。

因此，早在一年多前就決定下次要去印度。大致上也安排好，要去拜訪庇護所，收留的都是因人口販賣或性侵的受害女孩。約一年前就敲定採訪時間。

然而，二〇一一年三月，發生了那場大地震。PLAN的工作人員立刻前往災區，主要以照顧兒童的志工身分四處奔走。於是，已經定好的十月印度行程，也得暫時擱置。到了夏天，總算重新開始討論行程，但我心中也出現疑問。在這種非常時期，跑去採訪其他國家的困境有意義嗎？眼前自己的國家，不就有更多受苦的人，處於艱辛的狀況嗎？

不過，還是去吧！因為，即使在採訪的這週不去印度，待在國內我也無能為力。況且，想為身邊的困境盡一份力，跟打算了解其他國家的困境，內心同時有這兩種想法並不衝突。在能力範圍內，適時做出貢獻，不就行了嗎？

這次要走訪的是位於印度南部的安德拉邦（Andhra Pradesh）。這裡是印度人口販賣及從事色情行業比例最高的地區，占了整體的四成。

最大的原因來自貧窮。此外，由於女性不被視為勞動力，普遍遭到輕視，男尊女卑的風氣，使得民眾並不樂見女孩誕生。不過，我認為這些理由在現代已經沒什麼意義。反倒在當地成了根深蒂固的觀念，早就跟最初的原因無關。只要人口販賣依舊司空見慣，這些惡行在當地就會理所當然持續。

從成田出發後，在新加坡轉機，抵達海德拉巴機場（Rajiv Gandhi International Airport）時已是深夜。在此處停留一晚，隔天跟 PLAN INDIA 的芭芭妮小姐會合。她是這個地區的負責人，接下來幾天都由她帶路。這位不到四十歲，身材豐腴的女性，同時也是兩個小孩的母親。

原本應該要搭火車前往沿海一個叫翁戈爾（Ongole）的城市，卻因為罷工導致所有火車停駛。最後我們搭飛機到附近的機場，再花三小時到翁戈爾。

翁戈爾是眾多伊斯蘭教教徒居住的地方，大馬路上商店林立，非常熱鬧。雖然看不到遊客，卻給人大都市的印象。從這裡再搭一個多小時的車，四周出現恬靜的田園風光，我們抵達小聚落。庇護所就在三三兩兩的住宅之間。

住在這裡的，有些是遭到販賣或從娼妓寮救出的未成年少女，有些是母親從事色情行業無法養育，又或者擔心被脅迫從事相同行業的女孩。四周築起圍牆的建築物，看來像小型學校。

推開藍色鐵門，出現一片寬闊的庭院。長方形的院裡種了樹木，再往裡走是一棟三層樓的建築物。孩子正從一樓上到二樓，一看到我們立刻露出笑容，跟旁邊的孩子四目相交，對方朝著我們揮揮手。

還沒正式跟孩子見面前，我們先跟經常來到這個庇護所的當地非政府組織「HELP」的負責人聊聊。這個庇護所是由 HELP 跟 PLAN 共同援助。

根據負責人的說明，這個地區其實並不把性迫害與販賣人口當作社會問題。因此，得先讓他們了解，這些情況都是嚴重的問題才行。此外，還要先教育警方、政界跟執法相關人員，之後才是一般民眾。

我一聽都快昏倒。告訴他們這是問題，是犯罪，就算聽懂了道理，真正要能掌握還需要很長一段時間吧。如果要一一探討發生這種狀況，有什麼因應方法的話，會變得沒完沒了，似乎還是必須從政治面改變才行。

我問，這個地方的人怎麼看待這處收容設施。根據庇護所方面的說明，附近居民了解住在裡頭的都是受害者，似乎也很配合。有些孩子因為過去的遭遇太過悲慘，就算被帶來這裡，也不明白自己會被保護，有時還會逃跑。但附近居民一發現，會通知庇護所，配合暫時收留這些孩子。此外，當地方上有慶典時，也會招待庇護所的孩子，甚至邀請他們到家裡玩。

聽完各人的說明後，校長起身告訴我們有個歡迎儀式，一起上二樓吧。我心想完了！

我本來就不太喜歡歡迎儀式這類場合，有種不請自來、強迫的感覺。這次一定也是，孩子聽了大人的話，得為了一群陌生的外國人花時間練習吧。過去每次我都會在事前討論行程時交代，千萬別費心做這些事，這回卻忘了說。

我一邊暗自後悔，一邊跟著校長一行人走上二樓。二樓有個大教室的寬敞空間，孩子沿著四面牆坐下。我們一走進去，眾人便相視而笑。聽說這裡最小的孩子才三歲，最大的是十八歲，包含男女總共住了六十五人。男孩子都是因為母親從事色情行業，而被送來這裡。不過，今天並非所有人都在場，有些孩子去上學。

典禮開始。身穿鮮豔民俗服裝的女孩，四、五個人為一組，輪流跳著傳統舞蹈，口中唱著自古流傳的歌曲。有獨唱的女孩，有很會唱歌，也有很會跳舞的女孩。即使唱歌跳舞都不出色的孩子，也是一臉認真努力跳著、唱著。有個女孩頭頂著蠟燭，跳得正精采時蠟燭掉下，她還因此落淚。

排定的歌舞表演似乎結束，現場突然變成才藝大會。在大夥兒慫恿下，有個男孩模仿了一段勁歌熱舞，看起來模仿的好像是麥可．傑克森；之後又有另一個男孩表演一段麥可．傑克森，看來麥可．傑克森非常受歡迎。才剛這麼想，立刻就有個女孩出來表演印度當紅歌手的歌曲。

大家都笑了。因為大家都在笑，其中有個盯著地板發呆，面無表情的孩子，特別醒目。

在眾人模仿大賽告一段落後，接下來則類似發表會，由幾個人一組，輪流站到教室中間，說明在這裡的生活。早上六點起床後，做體操，有一段寫功課的時間，吃早餐。到了九點半，上學的孩子出門，接受職業訓練的孩子各自出發。傍晚放學後，先是所有人集會，再來有練習瑜伽、念書的時間，八點吃晚餐，十點就寢。

此外，有分工非常細的各個股長。餐飲股長、保健股長、新聞股長、洗衣股長、掃除股長、節約股長、文藝股長等。所有人分成四組，其中一組帶頭，由各個股長檢查有沒有問題。

HELP的負責人解釋，讓孩子有責任感很重要。能藉此了解，自己也有該做的事，有參與的權利。耳濡目染下，學會在一個家中該怎麼生活。他表示，孩子會知道自己的角色並非只有順從、接受，而更有自信。聽他這麼說，我想起剛才孩子唱歌跳舞時的表情。

的確，沒有一個人看起來是不情願、被逼的，反倒因為自己也能參與而露出有點難為情，卻很開心的表情。

這裡提供的職業訓練，內容包括電腦、製作衛生棉、服裝設計、刺繡、裁縫，相當多樣化。心想應該結束了吧，結果發表完畢後，大夥又開始唱歌跳舞，幾個人一組的歌舞表演再次展開。

剛才那個一直不笑，直盯著地板的女孩，在兩邊的其他女孩鼓舞下起身，三個人來到教室中央。接著再加入一人後，四個人唱起歌。沒想到，面無表情的女孩也唱了起來。她一臉認真，重複的旋律唱了兩、三回，唱完後現場響起掌聲。表演的女孩顯得有些難為情，彼此輕輕推擠，這時，那個面無表情的孩子也笑了。嚇我一跳。她笑了！她笑了！我驚訝得在心裡大喊。後來問了才曉得，她在附近的草叢遭性侵，被尋獲後送到這裡。

吃過午飯後，下午我們跟人口販賣的受害女孩面對面；當然，只找了願意談的孩子。多數孩子即使來到這裡，短時間還是無法敘述發生在自己身上的事情；經由悉心的心理諮詢後終於開口，接下來才肯跟有同樣遭遇的人談話。

這次肯發言的幾個女孩，年齡從十五歲到十八歲；每個人長得都很漂亮，外表成熟，乍看不太能分辨年紀。

詳細狀況雖然不同，但大家都有類似的遭遇。父親施暴、父母離異卻沒有一方願意撫養，類似這些嚴重的家庭問題。孩子為了逃避這一切而離家，這時有人願意提供住處，或說願意照顧他們，其實多半就是人口販子。還有人是結婚後搬進新家，住在隔壁的女鄰居說有好工作可介紹。

有位女孩一邊說，淚水泛滿眼眶靜靜流下。芭芭妮摟著她的肩輕輕安撫。她一邊哭，也沒打算停下來，繼續對著我們，應該說是對著芭芭妮講下去。

十八歲的她被迫結婚，三番兩次受到先生家暴後離家出走，沒想到又被帶回家，絕望之下自殺未遂，還是被家人帶回。於是，她再次離家，遇到有人肯收留她，沒想到卻是娼寮。這是她緩緩道出的。在她敘述時，芭芭妮輕撫著她的手臂，緊握她的手。說完後，女孩擦擦眼淚，看著芭芭妮露出淺淺微笑。

接下來，一個十七歲的女孩開始說，但她的敘述長得不得了。其他已經講完的女孩不知是否聽膩了，竟然跟 **HELP** 的負責人在角落玩起遊戲。

難道她的狀況特別複雜？等聽了翻譯後才知道，事情其實很簡單。她離家出走後，有個女人說要買衣服給她，她便上了對方的車，然後警方就將她帶回。這麼說來，實際上根本沒被賣掉嗎？我想到這裡時忽然發現。

不對！這並不是實際狀況，而是她的希望。她這般鉅細靡遺敘述，是要藉由把細節分得更細，進一步補強這就是實際狀況吧。比起先前其他人的談話，我覺得她所謂「什麼都沒發生」更令人害怕。

我不經意瞥見 HELP 負責人跟那群女孩在教室一角玩著。頻繁走訪這裡的負責人，對女孩來說就像父親吧。只要他搞笑說句話，大家就笑得東倒西歪。幾個女孩看來也跟剛才完全不同，回到小孩純真的表情。看著她們的臉，我心想，十五到十八歲，真的還很小。凝視著幾個人的笑容，我忍不住祝福，希望接下來她們能盡量找回自己失去的那段時光。

我問女孩將來有什麼夢想。答案形形色色。想繼續以前的學業，想自行創業，希望能運用在這裡所學找到電腦相關的工作，想在從小長大的地方開麵包店。另外，她們多半想結婚，想有個家庭。當眾人圍坐一圈，我聽著女孩聊起夢想時，發現旁邊的女孩伸出的腳上少了幾根趾頭。我忍不住思索，這些女孩歷經了多麼艱辛的一段路，才能擁有夢想。

到了休息時間，孩子露出天真笑容緊跟著我們。要賴央求攝影師幫他們拍照，或是一直來問我們的名字，還有自動報上自己的名字，做鬼臉，還告訴我們庭院每棵樹的名字，跟我們握手。在我們離開庇護所時，所有人都帶著笑容歡送。

於是，我對自己以往拒絕歡迎典禮這類儀式深深感到丟臉。看到今天表演歌舞的孩子，臉上驕傲的表情，就像HELP的負責人所說，是有了參與感的喜悅。我回想著在那個原先一直毫無表情的孩子露出笑容時，瞬間就像有道光灑下。真慶幸當時沒說希望取消這場歡迎典禮，還好沒有因為我而奪走那抹笑容。

在另一座城市，拉賈蒙德里（Rajahmundry）也有庇護所。住宅區內有棟感覺像豪宅的建築物，就是庇護所。這裡住了從十歲到二十五歲的女孩，我們到訪當天，年紀小的孩子好像去上學，來迎接的是已完成學校教育，多半是大女孩。住在這裡的女性主要是人口販賣的受害者，除了賣到娼妓寮，也有的是賣到其他家庭當幫傭，被救出來後安置於此。

這裡提供的職業訓練，內容包括製作手提包、布偶，刺繡及裁縫，製作傳統服飾「紗麗」，還有花藝等。會事先經過市調，確認需求，再配合納入職業訓練課程。我們住的飯店房間，每天早上都會送來一份用精美袋子裝好的報紙。我聽到那個袋子就是她們做的，頓時好感動。

我問在場二十幾名女性將來的夢想。她們害羞得不發一語，好不容易有幾個人慢慢開口。想當護理師，想在批發服飾業找一份工作，接著另一個人說到想當服裝設計師。這時，先前靜靜聽著的芭芭妮突然探出身子，激動說了一段話。我聽不懂她說的內容，但氣氛突然變得緊繃，在場的女孩專心聽著芭芭妮的話，只見她的語氣中帶著激動，後來又像是斥責，有幾個人用手擦起眼淚。

她說完後，我問她到底講了什麼，據說是「我在訓這些孩子，光靠嘴巴講想做什麼是沒用的。」想當設計師的話，就得了解現在流行什麼，隨時掌握消費者的需求，得為此努力才行。在這個國家，一個女人要怎麼活下去，討生活是怎麼一回事，這些都該更認真去了解，去思考。她說了這番話。

當然，她們的年紀比較大，比起前一個庇護所，這裡的狀況更嚴酷，她們接下來的自立之路，是眼前面對的現實。

接下來，芭芭妮分給所有人紙筆，要她們各自寫下將來的夢想後收回。她抓起那疊紙張高舉著說：「大家寫的這些行業，我會找各業界的人來介紹他們的工作內容。聽完後，我再來問問你們是不是真的想走這一行。」

享用豐盛的午餐後，這裡同樣也有女孩唱歌、跳舞。雖然她們已經不是孩子，但在唱歌跳舞的同時，表情一樣變得愈來愈天真。然而，這裡也有面無表情的女性。無論其他人唱歌時，或是大家笑鬧時，她始終板著撲克臉，四人一組表演時，她雖然唱著歌，依舊面無表情。幾個女孩笑得天真，不斷推薦我們各款布料，「這塊布很適合你，做一件紗麗吧。」或把她們親手做的提包跟衣服秀給我們看，讓我們差點忘了這是什麼地方。不過，一看到那個面無表情，彷彿失去靈魂的女孩，才讓我驚覺，對啊！她們都有一段令人無法想像的過去，一想起來又讓我心痛。

聽說有個之前接受庇護、現在已自立的女孩，就在附近的冰淇淋店工作。我們決定去看看。

就在商店林立的街角，一間小店，門口放了一台冷藏櫃，店裡只有一名女孩，她一看到PLAN的工作人員就笑著走出來。女孩今年十八歲，聽說是這家店的店長。她離開庇護所快要一年，沒有回老家，就在附近獨居。身材纖弱，看起來很文靜，很熱切跟芭芭妮交談。

這家冰淇淋店附近有間大型醫院，因此，她向上頭的人建議，像是優格、拉西、鮮果汁這類飲品應該會有需求，公司接受她的意見，在店裡販售，結果業績大幅提升。她告訴芭芭妮這件事。沒想到她比外表看來能幹多了。

我請她在店門口讓我拍張照。隔壁店家的老闆娘跑出來看，發生什麼事情。女孩站在自己擔任店長的店門口，顯得有點羞澀。這表情讓我想起，先前看到唱歌跳舞的那些孩子，還有剛才那些女性，在找到力所能及的事情後，那種帶著一點難為情與驕傲的樣子。

奇拉卡盧里佩特（Chilakaluripet）這個地區，有所謂的「紅燈區」。從我們停留的維傑亞瓦達（Vijayawada）距離約一小時車程。在芭芭妮帶路下，我們前往那一區。從車水馬龍的大馬路轉入巷弄，路突然變得很窄，兩旁是一整排看似住宅的白色建築。小巷弄朝左右延伸，強烈的日照曬得樹葉閃閃發亮。裡頭有一群小孩正在玩耍，一看到我們就笑著猛揮手。

當我知道這就是紅燈區時，嚇一大跳。明亮的陽光，白色建築物，晾衣竿上翻飛的衣物，綠色樹木，呈現的是海邊休閒區小聚落的爽朗風情。芭芭妮領著我們到其中一戶。寬敞的玄關前，坐著幾名住在這裡的女性。其中幾個人手上還抱著小孩。她們幾乎都是以賣淫為生。抱著孩子的母親也都是未婚媽媽。我加入她們，打聲招呼。

這些人的美貌讓我震驚。說是美貌，其實全身上下都好美。就跟這地區讓我感到相同的驚訝。一聽到「紅燈區」，我不自覺想到的是類似阿姆斯特丹那樣隱蔽、封閉的特殊場所。而且一聽到是住在這一區的人，自然想像每個女人會是一臉疲態，無精打采。或許這是我個人的偏見，這幾位女性散發一股堅強的美，一點也看不出曾受傷。

我問她們是怎麼來到這裡，多半都是為了養家活口從其他地方來的。也有姊妹一起工作，還有母親曾把兒子寄放在我們之前拜訪過的庇護所。那位年邁的女性，聽說她兒子已經離開庇護所上大學了。

PLAN 跟 HELP 是在二〇〇六年介入這一區。前面也提過，要讓先前受到性壓迫而從未視為問題的她們了解嚴重性，同時提供身體及精神上的醫療援助，進一步解釋愛滋病的危險性，並且輔導她們讓孩子就學。最主要的目的是要幫助這些女性在性工作外找到其他經濟獨立的途徑，目前已有好幾個人自行開店。這麼說起來，剛才經過的街角有間賣 Dosa（類似可麗餅的食物）的店，聽說那家店就是原本住在這裡的一名女性，不再從事色情行業後，用自己的資金加上接受協助所開的。還有隔幾個店面，有家為人縫製紗麗的店家，據說老闆娘的收入能供她和念小學的兒子生活。芭芭妮說，身邊有這些正面的示範，讓住在這裡的女人也抱著希望。

可以的話，大家都想這麼做呀，其中一名女性說道。只要自己有一筆資金，加上協助，每個人都想轉行，改變人生。有人曾經開紗麗店，也有人開水果行。但由於還有債務，轉行沒有信心能順利維持生活。

這時，旁邊另一位女性開口。我接受援助開了水果行，經營的狀況雖然不怎麼樣，但因為ＨＩＶ陽性，身體不好，也沒辦法到外頭找工作。我希望現在的店能再擴大一些。

我想開一家布行。剛才說必須固定寄錢回去給生病的父母及弟妹的女孩，也開口說。不過，她說就算真的換工作開了布行，萬一賺不了錢就沒辦法生活，也不能寄錢回家。這一點讓她非常擔憂。

她們告訴我，除了賣淫，還能在慶典時跳脫衣舞賺錢。從傍晚跳到深夜，再讓顧客挑選中意的女孩。由於脫衣舞違法，警察會經常巡邏，也有女性因此被逮捕。被抓到的話，據說要服三年徒刑或是交付二十萬盧比保釋金。很多時候在警局還會受到性騷擾。她們七嘴八舌，說有個女人幾乎全裸逃出警局，在叢林躲了三天，也有人因此喪命。

「就這樣無聲無息死掉，就算屍體被找到，也不知道究竟是誰。不了了之。」一名女子最後低吟的這句話，令人難忘。

雖然表面上看不出來，但她們並非從未受傷吧。只不過，就像芭芭妮說的，有那些「正面示範」，讓大家親眼目睹及接觸，身邊的確有人運用自己的資金跟接受協助，自行創業，她們也會了解，人生是可以改變的。

印度還有以賣淫為生的種姓。從這裡車程約一小時，她們就住在山頂上有寺院的山腳下。

下車後沿著小路走到底，有一段石階。再繼續走就是寺院了吧。住在附近的一群女性，就聚集在石階旁一戶人家的院子等我們。裡頭有年長的女性，但仍以帶著孩子的年輕女人居多。她們打從出生就住在這裡。據說種姓，就是在每個家庭出生的長女必須繼承這項工作。這裡所有人都未婚。

PLAN是在二〇〇五年開始來此提供援助。跟先前提到的紅燈區一樣，給予醫療及教育上的指導，並協助轉行，同時對她們、其他居民及警方，進行啟蒙教育，讓眾人了解「這樣的情況絕對不正常」。

我問坐在最前面的女子，「在PLAN進入援助後，最大的改變是什麼？」

她非常激動地開口。

過去就算大家都住在這一帶，其實沒什麼向心力。只是三三兩兩散居，沒有法律知識，也不懂得自己的權益。這附近的警察根本把我們當罪犯，只要一有狀況，不分青紅皂白先逮捕我們再說。曾有人被軟禁在警局好幾天，我們也無可奈何。

但是現在不一樣了。一旦跟警方起了爭執，PLAN或其他團體可以幫我們交涉，我們也團結起來對抗。現在大家都具備法律相關知識，警方不再把我們當罪犯，知道我們也是受害者，在這一區已經不再有人守著長女要繼續賣淫的習俗。

說著說著，她的語氣有些激動。坐在後面的其他人也一臉嚴肅，認真聽。

不過，要走的路還很長。社會上對我們還有偏見。即使想找其他工作，有時也會遇到有人認為我們本來就是這個種姓，強迫我們發生性關係。有些人嫁到其他縣市，卻因為婆家嫌棄種姓，或說嫁妝太少，遭到種種欺凌後還是回來這裡。回來後又沒工作，終究還是得賣淫。

接下來，她又開始針對警方過去對她們的態度破口大罵。其他人也跟著七嘴八舌，紛紛提出有過這種狀況，受到那種待遇。眾人愈來愈激動，說個不停。似乎說著說著都會回到這個話題，後來連負責口譯的芭芭妮也不再一一翻譯。

怎麼會有這麼深的憤怒呢？想到這裡，我突然驚覺。

這股憤怒，不是絕望，是希望！

她們現在才了解，自己過去的生活並不是理所當然。開始懂得，一直以來，只是主動或被動接受那些原本不該接受的待遇及觀念。所以現在發現，警察對她們的態度是不對的。

如果一無所知，如果默默接受，如果什麼都不懂，那麼也不會憤怒，只有放棄。因此，這股勢不可擋的猛烈憤怒，代表的是希望！她們心中的憤怒，隨著時間過去，的確能改變狀況。我當時心想，這股憤怒愈是難以遏止，愈能成為強大的力量。

然而，她們說，目前的援助將會在明年告一段落。

這裡住了約七十名女性，目前有一成從事其他工作。有人開腳踏車租車行，有人開蔬果店。要是援助時間更長一些，這樣的人也會增加吧。此外，警方跟行政機構的認知還不夠。無論在醫療、兒童的教育層面來看，現在援助一喊停，一定又會出問題。大家對此都很不安。最前排的那名女子似乎代表眾人心聲，露出非常懊惱的表情。的確，可以想見，才剛點燃的那股代表希望的憤怒，需要更長時間、更持續的支援，才能讓它不熄滅。

這些女性給我的印象是，意識高漲、意志堅定，很清楚自己的理念和想法。我想，或許這也是團結、凝聚向心力的結果。光是一個人的意識或意志，很難有機會發揮，但眾志成城，這就是她們真正的心聲。

文章一開始曾提到，原先我很猶豫，在國內正面臨困境時，為什麼還要去訪查其他國家的困境呢。我後來發現，這種想法其實有點弔詭。在這麼艱難的時刻，還是先別做這些事好了。如果順從這樣搖擺的心情，什麼事都做不了。整個人綁手綁腳，動輒得咎。就算不去印度，也改善不了日本眼前的困境。

在地震後的那段時間，我不知道體會過多少次自己的愚蠢與無力感。而在走訪印度南部的庇護所及紅燈區時，我感受到另一種不同的愚蠢與無力感。我唯一能做的，只是聽她們訴說。看著宛如失去靈魂，面無表情的女孩，我無法讓她展現笑容。對於要喊停的援助，我也沒有決定權讓它繼續。當紅燈區的那群女性說即刻需要一筆錢時，我也想過，她們是不是在勸說我當下捐點錢呢？要給她們多少才恰當？但我也沒辦法滿足在場所有人吧。想到這些也讓我很煩惱。

然而，這股愚蠢及無力感，都是我該去體會的。

無論是切除女性外生殖器，或是人口販賣，對我來說都很超現實，是我無法理解的事。我根本不曉得在現代社會竟然還有這種事。當然，就算知道，一樣沒辦法立刻有什麼貢獻，但如果一無所知，就壓根無從去思考自己能做些什麼。

在庇護所，我看到小女孩跟年紀較大的女性哭泣。在寺院下方的小鎮，我看到那群女性強烈的憤怒。在那些眼淚、怒火之中，我看到了希望。我心想，在庇護所裡看到的眼淚，就跟憤怒一樣，是因為她們知道自己能改變。了解到那些痛苦、悲慘的經驗都將成為過去，接著能放眼未來，才會為了過去的傷痛流下眼淚。相同地，我的愚昧與無力感，也在徹底體會過後了解到自己能做出的貢獻。我相信，怒火、淚水、這股無力感，絕對不是因為絕望。

回國後讓我回想起來的是用餐時間。走訪的庇護所裡有專門做菜的人，每個人就像到員工餐廳一樣取餐。一份餐的內容有如同小山的大量白飯，搭配幾種咖哩，湯，優格，以及醬菜。我很榮幸能獲得招待一份。每種咖哩真的都好好吃。此外，無論小孩或大人，就我所見，每個人的食量都好大。白飯盛得像座小山，拌著咖哩吃，還有人吃完又添。這股旺盛的食欲，讓旁觀的人也覺得痛快。在收容孩子的庇護所，大家坐在陽光下的院子；在收容成人女性的庇護所，眾人則在各自的房間裡，總之，在用餐時間大夥就這樣聊著天，吃個不停。

回來後能第一個憶起這樣的場景，讓我感到欣慰。

巴基斯坦──獨自漫步

我對巴基斯坦這個國家一無所知，但印象中總覺得危險，但看到伊斯蘭馬巴德（Islamabad）的街道時嚇了一跳。行道樹很多，井井有條的街道。一排排路樹像是寬廣車道的邊框，也就是所謂的「棋盤式規劃」。每個街區都有一排堪稱豪宅的雄偉住家，以及充滿綠意的美麗公園。每戶人家門口有個類似電話亭的小房間，裡頭有保全人員常駐。有些保全人員跟熟人就在門口空地坐著聊天，感覺一片祥和。

雖然沒有摩天大樓，也沒看到高速列車行駛，但因為太過整齊有條理，令人有種來到近未來都市之感。絲毫沒感受到亞洲城市裡必定存在的喧鬧與擁擠。

從印度獨立後，這座城市就依照希臘建築師的規劃打造，在一九七〇年成為首都。知道這段歷史後，我才恍然大悟。那位建築師將整個城市均分四等分，每一區的中央都有個市場。這些市場目前仍存在。

到了市場看看，還保留了一些我非常熟悉的喧鬧感。珠寶店、藥局、服飾店，不時看到賣吃的小攤子，人來人往。卻完全沒看到乞討者，以及在外頭閒晃的小孩。

沒有任何身穿牛仔褲或裙裝的女性，所有人都穿著稱為「Salwar Kameez」的傳統服飾。男性幾乎也是一身傳統衣著，緊緊包著一身民俗服飾的男女老幼，漫步在夜晚的街道。之前聽說女性不能單獨出門，但也看到兩名女性很自然走在街上。或是一群女生坐在餐廳陽台的露天座位用餐。

井然有條的街道，健全的市場。首先顛覆了我心中「危險」的印象。

這時，我有個疑問，我並不是來這裡觀光，我的目的是要採訪身為女性、身為女孩，遭受到差別待遇，無法受教育的人。不過，在這座秩序良好的城市，會有這種性別差異嗎？

先前因提名諾貝爾和平獎，一舉成名的少女馬拉拉（譯註：馬拉拉於二〇一四年獲得諾貝爾和平獎，是有史以來最年輕的獲獎人）。她和經營學校的父親一起呼籲女孩也該受教育，因此，她在十五歲時遭到伊斯蘭激進分子槍擊。當我知道這起事件時很震驚，居然有這種事，但這就發生在巴基斯坦。然而，我還是很難將這座城市跟女性差別待遇聯想在一起。

隔天，我到飯店旁邊的NGO，PLAN的伊斯蘭馬巴德辦公室，看似保全人員的男性，告訴我們「確保人身安全」的守則。其中有一項是，晚上六點後女性不得單獨外出。我聽了後驚訝反問，那吃飯怎麼辦？他說，請務必有PLAN的工作人員同行。前一天晚上將近十點回到飯店時，一點都不覺得危險，所以聽他這麼說倒有些意外。

當天上午，在PLAN工作人員的介紹下，去見了兩名女子。

聽說伊斯蘭馬巴德目前有三十四處貧民窟。貧民窟，就是一群人在原本非住宅的地方任意蓋房子居住，範圍愈拓展愈大。雖然聽到這般說明，但之前只看到大馬路跟豪宅的我，實在無法想像貧民窟是什麼樣的地方。在前往的路上，還聽說貧民窟的孩子多半沒上學。

巴基斯坦的教育制度跟一般不太一樣。首先，並沒有義務教育。

沒有所謂的公立幼兒園。小學一共五年，從五歲到九歲；國中三年，十歲到十二歲；高中兩年，十三歲到十四歲。再上去是「Higher Secondary School」，從十五歲到十六歲。十七歲到十八歲就是專科，十九到二十一歲就是大學。

從小學到高中，人人都可以進公立學校，但就讀率非常低。據說不少孩子小學念到一半就不念，或畢業後沒繼續升國中。原因是當地人認為女生不必念書。

推動兒童福利及開發中國家區域發展的國際非政府組織 PLAN，在各地行政機關的協助下，為了改變現況，提供各種教育計畫。例如，聚集還沒上小學的學齡前兒童，讓他們為進入小學做好準備。國中小要是有中途退學的孩子，為他們各準備為期兩年特別班的課程。兩年結束後，若能通過最後測驗，一樣能獲得正式的高中畢業資格。

我要去見的就是剛取得這項高中畢業資格的幾位女孩。

車子在街上行駛，我突然看到不尋常的景象。到處拉起電線，建築物蓋得水泄不通，上方還有藍色的巨大蓄水槽，數不清的蓄水槽引人注目。PLAN 的工作人員說，那裡就是貧民窟。

貧民窟當然不可能有個入口，但確實就像有道隱形界線，眼前突然出現跟先前街區完全不同的景象。感覺擠到滿出來的密集四方形細長建築，正中央有一條窄窄的土石路。建築物之間到處穿插小巷弄。貧民窟裡有賣零食跟食物的店家，還有人挑著一擔玉米販賣。另外有露天的理髮攤跟雜貨攤。跟我之前看到的伊斯蘭馬巴德截然不同。喧鬧、塵埃、溝渠裡的汙水、打赤腳的兒童，還有晾衣竿上一大堆磨損、褪色的衣物。

再往前走一段，路面變得比較寬敞，還有條小河。但我一看到小河，啞口無言。通往小河的斜坡上長滿雜草，卻被丟滿垃圾，幾乎看不見雜草原有的綠。小河兩旁也全是垃圾，只看得見三分之一河面。竟然還有勾著電線的垃圾，河水當然受到汙染，發出陣陣惡臭。我想起，**PLAN**的工作人員曾提到貧民窟的衛生問題很嚴重，「一下大雨，這條河就會氾濫，貧民窟家家戶戶都會淹水。」其實幾天前也才淹過水，這情況似乎很頻繁。

我們迷路在不斷出現的彎曲小徑，找不到要去的那戶人家，幸好有貧民窟的居民帶路。等待我們到來的，是一名叫薩芭的十八歲少女。一走進屋內，有個約兩坪的房間，裡頭還有個約四坪的房間；四坪的房裡光床鋪就占了一半，這就是她的家。

小學五年級，也就是九歲時休學，薩芭說，之後她就一直幫忙家務。在她知道**PLAN**的援助計畫，並獲得家人體諒後，持續兩年特別班的課程，在這一年的九月順利通過考試，取得高中畢業資格。

另一個是她的朋友，二十一歲的夏嘉。她在十一歲，念七年級時休學，也就是國中中輟。她本身並沒有念書、上學的意願，但在家人和這地區的社工人員協助、鼓勵下，還是完成了兩年課程。

碰巧這兩個女孩都很幸運，家人不會說「女孩不用念書」。我問她們，身邊其他人會講這種話嗎？兩人的回答都一樣。沒有人對她們說這種話，而且學校很近，她們也沒受過其他男孩欺負。倒是畢業時，很多人告訴她們，才上了兩年的課，不太可能拿到高中畢業的資格吧。

這是因為其他人嫉妒你們嗎？我問。她們解釋，不是的。因為在這裡要上完十年的課（從小學到高中）真的非常不簡單。就連男孩也不多。所以一般人會心生疑問，認為才短短兩年，真的能上完跟高中畢業相同程度的課程嗎？

接著兩人提到運氣很好，學校很近。當時我心想，她們指的應該是距離，因為家裡還有很多事要忙，如果念了較遠的學校，上下學得花更多時間。

這時，樓上傳來孩子的聲音。我問，那是誰？薩芭說是附近的孩子，她讓大家在這裡集合，教他們簡單的讀書識字。我便上樓看看。說是「樓上」，其實是在戶外，但也稱不上陽台，只是建築物上方。地上鋪著墊子，一群小小孩就排排坐在墊子上。一看到我們，大家異口同聲說了「Good Evening！」薩芭目前正在上專科學校的函授教學，她說將來希望開個幫孩子上課的補習班。

接下來我們又到另一個貧民窟，見到佛吉雅這個女孩。她家只有一個房間，沒有窗戶，陽光只能從敞開的大門照進來。

八歲時，四年級，佛吉雅的母親過世，姊姊嫁人，必須由她來打理家務，她便從此休學。等到年紀大一點，她跟學校商量想要復學，卻被學校以沒辦法讓她進入比自己年齡低的學年班級拒絕。聽到有特殊班的課程時，她有點擔心自己的能力，但還是申請了。她父親也懷疑，「十年的課程怎麼可能在兩年內學完？」不過，幸運的是學校離家很近，而且父親縱使心存疑惑，倒並未反對，「我覺得一定辦不到啦，但你想念的話就試試看吧。」這個三月她通過畢業考。可以的話，她想繼續升學，但她說十二月就要結婚了。至於婆家的人願不願意讓她繼續念書，她也不曉得。

兩年內要取得高中畢業資格，真的非常困難，甚至她們身邊也不斷有人質疑。畢竟她們多數連小學都沒念完，求學期間也得兼顧家務。不但要做家事，還要照顧弟妹，她們真的很拚命努力面對這個測驗。

那麼，經過這麼拚命努力取得畢業資格後呢？工作的管道增加了嗎？

出了首都伊斯蘭馬巴德，來到拉瓦爾品第（Rawalpindi）這個鬧區。不同於感覺很人工的伊斯蘭馬巴德，拉瓦爾品第的街上人群熙來攘往，還有裝飾得豪華燦爛的貨車跟小巴士行駛，除了摩托車、汽車，也有馱著行李的驢子。擁擠的攤子跟商店，到處熱鬧滾滾，人聲鼎沸。街角就是一處職業訓練所，完成特殊班課程的人可以來這裡。一樓是櫃檯，上到二樓可看到有約三十名年輕女性，很認真聽著講師的話。正在上的是「Life Skill」（生活技巧）的課。聽說適當的穿著、言行舉止、溝通技巧，以及面試時的自我介紹，這些都包括在「Life Skill」之內。

PLAN的工作人員似乎看透我心中的疑問——竟然有這種課程？——隨即為我說明。

由於貧民窟是個封閉的世界，平常只會跟特定人群互動。更重要的是，這些女孩就算取得高中畢業資格，也沒有「學校」這個地點能認識其他人，進而互動。因此，必須讓她們學會這些平常在學校不會特別教的基本常識。

取得畢業資格的女孩子，可以在這裡學習有興趣的技術。電腦、裁縫、烹飪等，職業訓練所安排了各種課程。這堂課結束後，接下來是飯店業務的課程。其中十幾名沒上這堂課的人，跟我們談談她們是怎麼參加這兩年的特殊班。這些人都已取得高中畢業資格。

十六歲時結婚的瑪蒂哈，有三個小孩，最大的女兒今年八歲。先生平時打零工，家中經濟很不穩定。她是在生完小孩後，萌生上課的念頭，因為她想讓孩子受教育，自己也不能什麼都不懂。雖然如此，先生卻反對她來上特殊班，但她仍不顧先生反對，兩年中從不缺席，兼顧家庭與學業。現在則繼續進修廚師課程。

十九歲的珊芭爾因為母親生病，姊姊已經結婚，年幼的弟妹跟家事都必須由她一肩挑起。社工邀她去上特殊班，她卻沒什麼意願。因為她實在太忙，分身乏術。不過，在身邊其他人鼓勵下，她到教育中心看看，發現非常有趣，有些心動。但還是因為太忙，經常缺課。在她缺課兩個月時，老師到她家勸說，希望她別半途而廢。

父親因意外身亡，從未上過學的賽伊卡，她也是十六歲時結婚。在先生的體諒下，上了特殊班。三月時因為小孩發燒，她錯過了考試。延到九月這次，目前正等候放榜。

有個女孩說「因為我家很遠」，我當時也以為她的意思是，為了兼顧學業與家務必須很早起。但聽她說著，我發現我誤解了。

因為她家很遠，往來教育中心很困難。因此，PLAN準備的交通車，聚集了住在附近的學生，早上八點去接她們，下午一點半再送大家回家。為什麼要這樣呢？因為女性獨自搭乘交通工具外出的狀況罕見，會引來眾人側目。加上要是被發現是去學校或教育中心，更會被咒罵、遭到欺負，甚至有人會百般阻撓。這太幼稚了吧，我心想。不過，我立刻察覺，有時欺負人未必用的是幼稚的手法。

事實上，聽著她們敘述時，我暗自心想，她們的狀況似乎沒那麼特殊。就算在日本，也有些女性不得不在照料家務、育兒同時，一邊就學。除了家務、育兒，有些女性還得工作負擔家計。講到教育跟工作，現在大概沒有父母只因為「女性」這個理由就反對，但包括配偶跟周遭其他人，就不一定都能體諒。一名家庭主婦，如果說想去念夜校，想上大學，想外出工作，未必會順利獲得贊成。

我上大學是將近三十年前的事，當時社會上還是有偏見。有人告訴我，進了那所大學以後會嫁不出去；或是問我，女孩為什麼要這麼認真念書呢？

另外，在負擔家事上，由女人一手包辦並不罕見。例如，先生對太太說，要是家事方面不隨便偷懶，想上學也可以。或者丈夫告訴妻子，如果能維持目前這樣打理好家裡，要工作無妨。這些例子我最近還聽身邊友人提起。

原先我心想，巴基斯坦的女性，就這一點來看，似乎跟日本女性非常相似。不過，聽到學校或教育中心跟住家距離遠近也是問題時，讓我發現有個很大的差異。

女人不必受教育。除了來自親人、他人的這種偏見，她們還得保護自己不受陌生男子傷害。要是上學路途太遠，就會被其他男人阻撓，這種事真的很難理解。然而，在路程中阻撓、揶揄，這在巴基斯坦似乎是很嚴重的羞辱。光是這個原因，就讓女性單獨搭乘交通工具成了難得一見的奇景。

除了遭到阻撓，還受過其他的欺負嗎？有個女孩開口。

「有個人在七年級時就沒能繼續上學，所以附近的人會說，你不可能拿到高中畢業的資格，不要再浪費時間上課。」

直接跑來說這些話嗎？我問她。結果在場所有人都猛點頭。我才想到，之前在貧民窟裡見到的女孩子也這麼說過。

從八歲、十歲就沒上過學，卻要在兩年內取得高中畢業資格，這怎麼可能！這是單純的疑問，或帶著嫉妒又羨慕的心態，還是不變的既定觀念，總之，會這麼想的人比想像中還多，這時我深深體會到，這麼簡單妄下定論卻重重踐踏了她們的信心。

取得高中畢業資格，上了職業訓練所的專業課程，之後呢？我們走訪了 PLAN 也提供援助的職業仲介所。

這裡提供雇傭雙方機會，讓他們面談，媒合理想的職場與人才。工作人員讓我看了電腦管理的資料，女性的工作類型多半是家事管理、協助家務、照護、帶小孩、清潔打掃等。我問了仲介所的經營者，知道特殊班課程畢業的人，心目中最耀眼的工作就是購物中心售貨員，這讓我有些空虛。

回到現實。餐廳裡包括廚師、服務生，所有人都是男性。外頭擺攤子賣東西的是男人。飯店也是，從櫃檯到清潔人員全是男性。大公司的總機櫃檯人員也是男的。女性不會出現在這類眾目睽睽的場合，在這個國家似乎理所當然。一開始感到驚訝，但放眼望去都是這樣，立刻就習慣了。這麼說來，在這座城市女性能在購物中心大方工作，的確是劃時代的創舉。

我請教經營仲介所的先生，目前對女性勞動力的需求有多少。他說，這幾年有大幅增加的趨勢。曾出國的人，或是到外地工作返鄉者帶回的訊息，還有來自電視的訊息，讓許多人認知到女性工作也無妨，主要的大城正慢慢朝這方向改變。他半開玩笑說，遇到還抱持偏見的男性，就告訴他們「這樣可以幫助家裡增加收入哦！」這種說法似乎滿有效。

然而，由於以往並沒有女性工作，突如其來問她們「想從事什麼樣的工作？」她們也沒有任何願景。因為完全沒有可當作範本或目標的前例。

這麼說來，在先前的職業訓練所，有好幾個人想以烹飪為業，目前選修了廚師課程。我想到其中有個人說，「我母親沒辦法接受。」因為她母親一輩子都在做家事，完全不認為做菜可以當工作吧。她說，母親實在無法理解，為什麼要特地跑到外面學做菜。

自己上一代沒有範本可參考，這一點跟日本不也很像嗎？

像我母親那一代的女性，多半結婚、生子。當不結婚、不生子，選擇專心工作的女性開始變多，才發現人生沒有範本可參考。這樣的狀況，也不過這幾十年的事吧？不結婚，該怎麼變老，老了之後該怎麼辦，相信很多女性對此不安，市面上就出現很多探討這類內容的書籍。現在更深刻感受到，我們這一代的女性是在沒有範本下自行摸索生存。

雖然面對的問題完全不同，但我稍微能理解巴基斯坦女性的立場。書是念了，卻不知道接下來該怎麼辦才好。也不了解哪些是女性的工作，哪些又不是。因此，當面對「想做些什麼？」這個問題時，也答不上來。

在沒有範本參考之下，很容易陷入的窘境就是走回前一代的老路。最明顯的就是跟教育一樣成為嚴重問題的「幫傭」。

幫傭跟先前提到仲介所轉介的那類帶小孩、幫忙家務的工作大不相同。幫傭，一律都是女性。由於這並非勞動法中認定的工作，因此，沒有所謂違法的問題。工時、工資，以及工作內容，全都憑雇主的良心決定。工資何時發放也沒有正式規定，有時還不能請假。如果對這些條件有意見，最糟狀況就是被解雇。此外，就算孩子取得文憑，若母親是幫傭，在社會上也會被人瞧不起，受到歧視。「幫傭」聽起來是個簡潔說明工作內容的名詞，但實際聽到從事這個行業的女性說明後，我認為這根本就是奴隸。

這些女性如果生了女兒，當孩子稍微大一點就會帶著工作，因為孩子也可以幫忙。於是，這些女兒之後就像繼承母親的工作，也成為幫傭。

最近有一群幫傭定期聚會，我請她們讓我出席。在借用的一間教會裡，聚集約五十人。我問她們，有沒有母親也從事相同工作的？結果約有一半的人舉手。

這個聚會在今年正式展開活動。集合了女性幫傭成立團體，選出會長跟書記，目的在要求制定勞動條件及工資等基準，將向政府以及勞工局提出訴求。擔任會長的女性還提到，接下來會開始每個月由會員各自出資，類似起個「互助會」，未來可以運用這筆錢。

在這個團體成立前大家都怎麼想的？都能接受自己的工作嗎？我問她們。也就是說，從母親那一代就做相同的工作，或是從小就被帶去幫忙，難道不會麻痺嗎？要質疑起自己的工作，似乎沒那麼簡單。

這時，有一個人說，其實很久之前她就覺得不對勁。她一說完，所有人也議論紛紛。

我們的母親其實也很生氣，氣自己受到太苛刻的待遇。說我們也是人吔，雇主同樣是人，為什麼做得出這麼刻薄的事情！我也一直覺得莫名其妙，但實在太窮也無可奈何。一直以來都是這種狀況，未來也是吧。

沒有覺醒跟機會呀，有個人這麼說。在這句話中，我清楚看到 PLAN 這些援助團體的價值。

她們從母親那一代，就認知受到惡劣的對待。卻沒有適當的語言面對。由於貧窮，無可奈何，只能默默接受，「沒辦法」成了唯一的語言。因為這樣，長久以來緊抓著這個觀念，承受著「苛刻的現實」。在援助團體介入後，她們終於獲得語言。那就是面對這樣待遇不合理的「覺醒」，以及發聲的「機會」。有了這兩個詞，就等於得到奮鬥的良機。

因為PLAN與其他團體介入，讓她們學到勞動法規及人權，還有薪資基本結構，好不容易團結，接下來要與政府交涉。晚上六點卻沒人要回家，依舊熱烈討論，似乎有很多話想說。甚至連我們都擔心，大家不用回去準備晚飯嗎？從她們的表情及討論的態度看來，現場籠罩的氣氛是她們對於即將展開的新局面同時有著不安與期待。這個聚會現在是借用教會的場地，但目前在貧民窟裡正在蓋一間提供聚會專用的建築物。令人感受到此刻這裡有一股她們即將奮起，推動新生的活力。

之前我們說過想看看特殊班。有天，PLAN工作人員帶我們去看學齡前學校（類似幼兒園），以及相當於小學程度的特殊班。兩者的名字聽來都有個「班」，事實上只是在貧民窟一角，跟其他住家差不多的一間屋子。

意外令人印象深刻的，就是小學的特殊班。貧民窟中常見到水泥外牆的那種兩層樓建築物，二樓就當學校。五坪左右的房間。最前面有一塊白板，年紀還很輕的女老師在白板上畫圖。年齡各自不同的孩子，異口同聲說著。這好像是當地烏都語的課程。老師畫了一顆蘋果，大家便說「蘋果」。

現場的學生，女孩有九人，男孩三人，一共十二名。年齡從九歲到十四歲。要成為特殊班老師，必須要具備大學學位，而且能長期工作。正在上課的這位老師已婚，才二十幾歲，在成為這裡的老師之前，聽說她已在自家開設補習班一段時間。

國語課結束後是算數課。九歲到十四歲，在巴基斯坦的學校就是五年級到十年級，不過這時的課程是一年級的程度吧。老師在白板上依序寫了一到九的數字。然後寫了一遍一遍，反覆指導正確的讀音，例如「3」不是「E」，「6」不是「1_0」，也不是「1^0」。接著點名幾個人，在白板寫上指定的數字。

有些孩子會偷瞄我們，或在眼神交會時露出靦腆笑容，我也微笑著看他們上課。不過，看著這堂一而再，再而三重複數字寫法的課程，我突然發現，6當然不是1跟0，但對這些孩子來說，並非理所當然。這個班級年紀最大的孩子是十四歲，如果沒來上課，就只會變成不會讀寫「6」這個數字的大人。老師點名一個男孩上去，要他寫出1到9。男孩寫完後，5寫反了，還漏掉了8。經過老師提醒他才發現，重複邊讀邊寫出1到9。

沒辦法繼續念書，沒辦法上學。在這個班級，我發現我先前誤解了這句話的意思。我想的是沒辦法念高中、念大學。

但是，這裡的「沒辦法上學」代表的是看到蘋果不會寫、認不得「蘋果」兩個字；或者學不學得到3這個數字要怎麼寫、怎麼念的程度。眼前的十二個小朋友，曾經被剝奪學習這些知識的機會，現在好不容易重新拾回。這時我發現，學習數字的這些孩子，沒有人注意我們這些闖進來的外國人，大家都目不轉睛瞪著白板。

我們跟師生道謝後，走到門口。緊鄰這處貧民窟的，就是一所公立小學。爬上二層樓建築的頂樓，眺望校園。一大群身穿藍色、米色相間制服的小男孩，奔跑嬉戲揚起一陣沙塵。沒能上學的孩子，看到這副情境會怎麼想呢？我想起在職業訓練所的女性所說，想上學想得要命。

話說回來，貧民窟裡什麼都有。雜貨店、理髮院、路邊攤、教會，雖然是非正式，也有幼兒園跟學校。一處貧民窟其實就等於一座小城鎮。在井然有條且充滿現代感的伊斯蘭馬巴德，有好幾座這樣的「小城鎮」吧。住在「鎮上」的他們，不需要來到伊斯蘭馬巴德這個大都市。換句話說，這些任意增殖就像膿瘤的「小城鎮」，對生活在此的人來說，是他們唯一的社會。

最後一天，我們到了離伊斯蘭馬巴德較遠的一處貧民窟。

先前走訪的貧民窟大多是信奉基督教的居民。最後要去的這裡，居民都是非常虔誠的伊斯蘭教徒。

在這裡，我們也請到上過特殊班後，取得高中畢業資格或考試落榜的人聚集，一起聊聊。相較於之前見過的人，這裡的女孩的確在更艱困的狀況下就學。首先，這個地區的既定觀念就是女人必須待在家裡。別提什麼受教育，光是女人要出門，家人就會極力阻止。

有一位三十九歲的女性，今年總算取得高中畢業資格。她有三個孩子。包括她的公婆、親戚，都一再反對她上學，婆婆甚至還曾藏起她的課本。而先生是唯一支持她的人。所以有半年時間，她都瞞著公婆跟親戚上學。

也有年輕女孩的父母不讓她上學。在這個地區有擔任類似衛生委員的女性，在了解這個女孩想上學的意願後，好幾次到她家，不斷說服她的父母。

這裡也一樣，對於各個年齡層就學的女性，身邊的人都會對她們說，「光憑兩年不可能取得畢業資格啦。」首先，實際上沒有「學校」這棟建築物，也不需要付學費。眾人紛紛妄下結論，怎麼可能有這種事？這只是不想做家事才找的藉口。

此外，也有人提到這個聚落離學校很遠，產生各種問題。家人會說，不能一個人到這麼遠的地方，而上下學的路上也會碰到男性的揶揄或欺負。「很遠」，到底是多遠？我問。答案讓我好驚訝。從這裡步行二十分鐘。就短短二十分鐘！

我知道距離是個問題，卻沒想到徒步二十分鐘就「很遠」。女性衛生委員告訴我，「在這個地區，一般人都希望女兒能待在家裡。」希望能待在家裡，在這裡的含意並不是「住在老家」，而正是如同字面上的意思，別出家門。

我問這些已經取得畢業資格的女性，將來有什麼打算？想做些什麼？從事什麼樣的工作？

有個女孩說，想上專科學校。另一個人說，想繼續升學。有人剛進了專科學校，想持續下去。有人想做跟電腦相關的工作。想學經濟。想找一份工作。

果然她們在念書後，也不知道該怎麼辦，不懂得如何運用獲得的知識。所以很多人的回答都是繼續念書。我心想，也許有一天，從她們口中能聽到像是想當電腦程式設計師、想當學校老師、想開一間派遣公司、想當政府公務員、想到出版社工作、想留學、想到電視台工作、想學其他語言……類似這樣形形色色且具體的夢想。

最後我們打算大家一起照張相。當時太陽下山，房間變暗，所以決定到外頭拍照。我跟攝影師先走出建築物，小徑的另一頭有一大塊空地。一群男孩子正在打板球。

等了好久也不見半個人影，正納悶著。回到屋內，「大家都不想到外頭。」PLAN的工作人員說，「到外面拍照會被其他人看到。」所以沒人願意出來。

到了這時，我總算深切體會到女性「外出」的難度有多高。外頭，也不過就是小路跟一塊空地。了不起只有兩、三個人路過，但她們仍不願走出來。我清楚了解到，不希望女兒出門，這句話真正的意義。上學，究竟需要多大的勇氣？

伊斯蘭馬巴德市中心開了間大型購物中心。好像是個著名地標，PLAN的人員也帶我們去。非常擁擠，要把車子開到大樓停車場，還得排上超過三十分鐘。

購物中心樓層挑高，電梯上上下下。眾多顧客在擦拭得亮晶晶的地板上來去。有成群的女性顧客，也有穿著短袖 Salwar Kameez 的年輕女孩。最高樓層都是餐廳，生意非常好。

先前見到那些人的談話，看到的幾處貧民窟，在那個只有一間房的住宅所見所聞，跟此刻眼前的金碧輝煌實在差太多，究竟哪個才是巴基斯坦？

兩名露出手臂相偕走在路上的年輕女孩是巴基斯坦，就連拍個照也不肯走出戶外一步的女性，這也是巴基斯坦。在伊斯蘭國家中首次出現女性首相的，是巴基斯坦，但她遭到暗殺也是巴基斯坦。巴基斯坦的女性政治人物不少，但多數女孩對未來不抱憧憬，這還是巴基斯坦。教育部與所有行政區聯合，慶祝國際女子日的是巴基斯坦，但呼籲女孩受教育的十五歲少女，頭部遭到槍擊，這也是巴基斯坦。高級名店林立的最新購物中心，以及相距不到一公里的地方有個河水發出惡臭的貧民窟，兩者在各自不相干之下，同時並存。

過去我跟 PLAN 一起走訪過的馬利、印度，他們的問題都很清楚。只要花點時間，朝解決問題的方向推動就行；只要還有援助，相信一定能慢慢進步。

巴基斯坦，就跟伊斯蘭馬巴德這個都市一樣，乍看似乎沒什麼大問題。然而，如同井井有條的街景中，仍隱藏著貧民窟，其實處處潛藏著問題。而且這些問題並不簡單。因為此地的宗教、文化、習慣，使得問題也不同。看似性別差異，其實只是很簡單的貧富差距，或是兩者錯綜複雜的彼此影響。不光是教育問題，完成教育後的雇用問題更嚴重。第一個走訪的貧民窟，跟伊斯蘭教徒的那邊，面對的問題也不同。

女孩一樣要受教育，這個口號政府也贊成，並且積極發出聲明。然而，這會讓問題更難被看到。如果政府視而不見，還可以把政府當作對手。但事實不然。女孩得戰鬥的對象，是鄰居、家人的偏見。到貧民窟走一遭，就會立刻發現，這並不單是女孩的問題。有很多男孩也被要求幫忙家務，沒辦法上學。問題錯綜複雜，究竟該從哪裡解決，我完全沒頭緒。當然，不可能靠我解決，但我連哪裡看得到希望也不曉得。想起那群大聲念著數字1到9的孩子，熱切的眼神彷彿求救。

最後一天，我決定捨棄充滿人工感的伊斯蘭馬巴德，到更有人情味的拉瓦爾品第走走。PLAN的女性工作人員也表示贊同，「機場離拉瓦爾品第很近，你也可以在拉瓦爾品第吃晚飯。」她建議。

沒想到，PLAN的司機先生帶我們到拉瓦爾品第，不到半小時就說回去吧。又說有其他更好玩的地方，可以帶我們去。司機先生拿起手機跟PLAN的員工聯絡，聽從對方的指示，要帶我們去哪裡，哪裡千萬不能去。我猜司機先生接到的指示是拉瓦爾品第很危險，不能讓女性單獨在街上走。雖然我表示還想在這裡多待一下，但怎麼說對方都是一句「NO」。考量到別讓司機先生為難，我終於讓步，就交給他決定地點。最後，車子還是回到整齊清潔的伊斯蘭馬巴德市場。

決定只讓我們在安全的伊斯蘭馬巴德閒逛的，是PLAN的男性工作人員。堅持這一點的則是男性司機。至於女性工作人員，從頭到尾都沒提過拉瓦爾品第很危險。

當然，他們也考量日本來的客人萬一出事就糟了。而且這個客人還是女性。他們保護我們順利採訪、安全外出觀光，對此我非常感激。在感激同時，對於這個國家的女性不能一個人自由在街上走，坦白說，也感到無奈。

再訪三陸——終將見光明

這邊是哪裡？完全看不出來。走上河堤眺望四周，啊！總算發出聲。兩年前的二〇一一年四月，我站在這處河堤，看著被海嘯沖毀的建築物，以及平靜到看不出有那股威力的大海。超乎想像的光景不僅讓我無言，連腦袋都停止思考，只能兩眼直瞪著。

在有「萬里長城」之稱的堤防下，住宅與商店林立。大約兩年前，人們日常生活的痕跡清晰留下，令人不忍卒睹。當時我沒發現這是田老地區，一方面是整片的積雪，更大原因是過去的街景絲毫不存。無論往哪裡望去，都是沒有邊際的白色平原。要是不曉得這裡原本有座城鎮，就完全看不出來吧。空無一人的白色土地，只有飄散的雪花繼續堆積。我思索著，兩年的時間。想著已經進展這麼多了啊，同時另一方面也不禁覺得，怎麼才這樣而已？不過，我的確察覺到一點。上一次造訪時，我感覺到失去的太多，非得找回來不可，而且也寫下這樣的想法。但我錯了！找不回來的！就像時間不可能重回那天之前。看著白雪覆蓋的大地，以及海邊堆積起的過去那些住家，他們生活的片段時，我察覺到，並不是非得找回來，而是非得重新打造才對。

從田老地區開著車，穿梭在海邊的幾個小城鎮。淨土濱、山田町、大槌。很多建築物已拆除，跟田老地區一樣成了一片積雪平原，不過倒不至於回想不起來，而是跟前次來訪時走過各個小鎮的記憶疊合。這個街角有一棟這樣的建築物，上面還有人留言，這裡有艘大船被沖上來……印象鮮明到連自己都有些驚訝。想起過去每次休假時到東北地區拜訪的那些朋友。腦中不經意浮現那些日常生活的片段，以及在斷垣殘壁中無數雙重整家園的手。「有一名幾乎每個星期都來的女性志工，因為實在太常看到她，忍不住問她為什麼要這麼做。」在釜石地區開了爵士酒吧「Town Hall」的金野克人先生笑著告訴我這件事。「她竟然說，聽到大家跟她說『謝謝』很開心，因為平常在辦公室從來沒人跟她說謝謝。」

Town Hall 位於建築物的二樓，當時水淹過一樓的樓梯。酒吧是在二〇一一年八月重新開張，但四周一片黑漆漆，據說每個月初一，也就是新月那一晚，甚至暗到需要帶手電筒。「還有很多事情要做，多到難以想像。不過，這也讓大家燃起鬥志。」金野先生露出穩重的笑容，好像在鼓勵我。Town Hall 放在走道上的那塊霓虹燈招牌，當初也被沖走，聽說隔了三間店的店家老闆發現後，還幫忙搬回來。在這個黑漆漆的地方，招牌燈閃爍，彷彿強調自己的存在。

過去那條滿是小酒館的「呑兵衛横丁」，現在換個地方重新開了臨時店面。開設在組合屋裡的臨時店家，每間生意都很好。我走進的那家店，老闆娘說現在顧客少了很多，「不過。」她接著說，「我一想到福島那些人就要哭了。住家、店鋪，要是全被沖走就算了。可是他們現在眼睜睜看著房子也回不去，這實在太折磨了。」——比起自己的損失，更為其他人著想。這番話令我動容。

隔天，打算從釜石到陸前高田。陸前高田因為附近沒有地勢較高的丘陵，全市約有七成以上住家遭到海嘯吞噬。大約兩年前，來到這個全毀、似乎再也沒有聲息的城鎮，我無法思索，只能一股腦往前走。這裡現在也是，包括車站、樓房，全都被清掉，乍看很難相信曾經有座城鎮。只有收集著過去生活片段的推土機，在飛舞的雪花中發出聲響。回想起上次來時只聽得到風聲，頓時愈來愈近的推土機引擎聲，讓人覺得踏實。

這是我第一次來到氣仙沼。港口已經重新開放，損毀的市場也重新蓋好。港口附近的復興攤位村，有一整排臨時的小吃店，四周仍然是一大片空無一物的土地。

製造石卷炒麵的「島金商店」，整個工廠都被沖毀。負責人島英人先生說，有好一段時間他根本不知道該從哪裡重建。沒有廠房、設備，也沒有人力。然而，「怎麼能就這樣被打倒？默默認輸？」在這樣的情緒下，勉強自己向前看。一旦下定決心，只能付諸行動。他租了廠房，備齊設備，找回員工，讓工廠再次運作。島先生說，他幾乎使出超越自我極限的能力。我問他，是什麼力量支撐著。島先生回答，因為有來自全國、全世界，那些素昧平生的人的支持鼓勵。他說，第一次深深了解到，「感謝」這兩個字真正的意義。

聽說，他決定在過去的原址重建工廠。「不過，還有很多人仍然不知所措。像我這種，損失的是財物，還能重新站起來。失去親人的那些人，到現在還無法振作。我經常在想這件事。」島先生這番話，讓我聯想到呑兵衛橫丁那位老闆娘所說。

離開石卷後，前往女川。從女川灣要進到內陸的地區，在二〇一一年十二月，貨櫃屋住宿村「El faro」開幕。

這是由當初受到海嘯災害的四間旅館業者成立的團隊，共同開設的住宿設施。我抵達住宿村時，已然日落。在沒有住宅跟店家燈光的路上走了一段後，才發現前方有亮光。一看到在大片空地上一排排的貨櫃屋，美麗的顏色讓我大為吃驚。擔任女川町住宿村協會理事長的，是佐佐木里子女士。海嘯奪走了她的父母，以及從祖父那一代經營至今的旅館。她說當時女川整個城鎮有八成全毀。

佐佐木女士說，她得從接受事實再出發才行。

好不容易面對現實後，她打算重振旅館。然而，由於建築限制，無法原地重建，而丘陵地又沒有足夠空間。於是，佐佐木女士想到貨櫃屋。貨櫃屋不是固定建築物，只要行政單位許可就能設置，也能移動。有了這個想法，在半年後就迅速開幕。

開幕時間竟然不是選在新年一開始，而是十二月二十七日，佐佐木女士說明原委。這附近多半是臨時住宅，臨時住宅裡沒有空間讓許多在新年回鄉的親人住宿，為了讓回鄉的親戚安心團圓，才決定在過年前開幕。與其感嘆自己的遭遇，不如多為其他人著想。這就是東北人的特質吧。

「El faro」好像是西班牙文，意思是「燈塔」。的確就像我在夜晚抵達時，住宿村的亮光成了標記，照亮著一間間貨櫃屋。

失去的，再也找不回來。我遇到的人，對此一點都不悲觀。既然這樣，就重新打造。一旦下定決心，就只能行動。就算接下來的路還很艱辛遙遠。在積雪的平原上，仍深深留下傷痛及失落，但並不絕望。因為，沒有餘力絕望。相較於實際在這裡生活的人，反倒我先為他們絕望。

這一點，真讓我丟臉。

在前往釜石的路上，我看到在房子移走後的空地上，豎起一面看板。上面的手寫字跡深深烙印在我腦海。「謝謝各位的援助，總有一天我們必定報答大家。回程的路上請注意安全。」就連在這種小地方，也流露出對陌生人的體貼。

後記

睽違十四年，又來到斯里蘭卡。

十四年前，二〇〇〇年，我到斯里蘭卡旅行近二十天。當時是在馬來西亞轉機。轉機時，有個看來跟我差不多，也就是一眼就知道是窮旅客的美國人，跑來問我是不是要去斯里蘭卡。這位肯特先生說，「我覺得從機場去康提比較好，不要去可倫坡。我們一起搭車吧。」想到可以省點計程車錢，就答應了。到了康提，我請計程車司機介紹住的地方。但肯特竟然還嫌這個便宜的旅館「太貴了」，自己找了其他住宿地點。接下來，我就獨自逛了阿努拉德普勒（Anuradhapura）、錫吉里亞（Sigiriya）、加勒（Galle），最後抵達可倫坡。一路上都住便宜旅館，想在最後稍微奢華一下，住了不錯的飯店。當時宴會廳剛好有人舉辦婚禮。我就在忐忑不安之下，住進這間竟然還能承辦婚禮的高級飯店。

十四年後的二〇一四年。現在無法一次休二十天假，只能安排個五天左右的小假期。抵達當地已是深夜，因此只有第一晚先訂好飯店。計程車奔馳在漆黑的街頭，一到飯店我就暗叫不妙。倒不是對自己吝嗇，覺得是以一般價格預訂的飯店，沒想到好破爛。房間也很糟，浴室好老舊。設備雖然該有的都有，卻因為整棟建築物太破舊，所有地方都髒兮兮。當天晚上，我做了惡夢。夢見被怪物緊追不捨。我心想，再也不要住這種飯店。隔天起，到了下一個目的地，我就盡量找看起來又新又豪華的飯店，到櫃檯問今晚有空房嗎。

回國後，我想起十四年前住的那間高級飯店是在哪裡呢？當初真該訂那間就好。我翻出旅遊筆記找了找，查到最後一天的行程，「咦！」忍不住大聲驚呼。原來正是讓我做惡夢的那間破飯店！

當然，十四年的歲月過去，飯店難免變舊。但是，三十三歲的我，抱著好大的決心才想奢侈一次，而且還提心吊膽住進去。結果同一個地方，竟然讓四十七歲的我做了惡夢。

像這麼具體的覺醒雖然不常見，但現在每次外出旅行，或不是旅行也一樣，我都深深體會到自己出門跟以前很不同。沒明確訂出目的地或是住宿地點就出發，這點倒是沒變，但我再也沒辦法去住一晚一千圓的民宿，也不會再跟剛認識的美國人共乘計程車了吧。即使驚訝、激動的事情還是很多，但再也不像過去的旅行大感興奮與刺激。現在住得起高級飯店，但同時也失去一些過去在旅程中有的感覺。明顯感受到的，失落。

即使如此，我還是不會停止旅行，我無力地思索。就算不能像過去那樣隨時有時間，我還是緊抓著旅行不放。年輕時，我總認為一星期之內的旅行算什麼嘛，更別說只停留一、兩晚，那根本稱不上旅行。如果只有那麼短的時間，還不如別去。但現在就算只有一晚、兩晚的時間，或是五、六天，我就會找個地方，把握這段短暫時間出門旅遊。

不屬於日常的旅遊目的地，會讓我覺得美的事物，連我自己都不曉得是什麼。不知道自己看了什麼覺得美，或是看了什麼會想哭。不是壯麗的景色，不是世界文化遺產，也不是人的笑容。當然，有時這些事物也讓我覺得很美，有時卻不盡然。

後來倒是漸漸懂得，在我的認知裡，美的相反不是髒也不是醜。此外，只有那些我覺得美的事物，才能打動我的心。我還想多看看，想弄清楚究竟什麼是讓我覺得美的。直到最近我才體會到，無論一個月，或是只停留一晚的旅行，都能好好去接觸。

對了，我跟當年一起前往康提的肯特，至今仍是朋友。我的旅行愈來愈短，他卻逐漸成了旅人，一年中有九個月在旅行。兩個月前，我跟來日本的肯特碰了面。哇！沒變，都沒變！我們倆都這麼說。跟之前在馬來西亞時一模一樣！一個頂上稀疏的美國人，跟一個白髮變多的日本人，興奮在原地跳著互道。似乎在我們倆的眼中，都沒看到彼此的改變。或許，我們看到對方內心「不變」的部分，就是深深為旅遊著迷的靈魂。

沒錯。有些事情無可避免漸漸改變，但在改變中也有些保持下來，永遠不變的精神。在旅行上，我失去了一些，但想必也獲得一些過去沒有的。當然，我指的絕對不是住得起星級飯店的這類寬裕。

人生散步 LWH0004

踏上旅程吧，收集從天而降的點點微光

作　者—角田光代
譯　者—葉韋利
主　編—李宜芬
責任編輯—楊佩穎
美術設計—蕭旭芳
執行企劃—張燕宜、石瓔寧
董事長
總經理—趙政岷
總編輯—余宜芳
出版者—時報文化出版企業股份有限公司
（一〇八〇三）台北市和平西路三段二四〇號四樓
發行專線—（〇二）二三〇六—六八四二
讀者服務專線—〇八〇〇—二三一—七〇五、（〇二）二三〇四—七一〇三
讀者服務傳真—（〇二）二三〇四—六八五八
郵撥—一九三四四七二四時報文化出版公司
信箱—台北郵政七九～九九信箱
時報悅讀網—www.readingtimes.com.tw
法律顧問—理律法律事務所　陳長文律師、李念祖律師
印　刷—勁達印刷有限公司
初版一刷—二〇一六年十月十四日
定　價—新台幣三二〇元
（缺頁或破損的書，請寄回更換）

時報文化出版公司成立於一九七五年，
並於一九九九年股票上櫃公開發行，於二〇〇八年脫離中時集團非屬旺中，
以「尊重智慧與創意的文化事業」為信念。

踏上旅程吧，收集從天而降的點點微光 / 角田光代著 . 葉韋利譯 -- 初版 . – 台北市 : 時報文化 , 2016.10
面；　公分 . --（人生散步；04）
譯自 : 降り積もる光の粒
ISBN 978-957-13-6773-6（平裝）

861.67　　10501584